인터넷 없이도
말짱히 해가
뜨다니!!

자신의 진짜 모습을 알게 될 에밀리에게!
엘리즈에게 윙크를…….

인터넷 없이도 말짱히 해가 뜨다니!

소피 리갈 굴라르 지음   이정주 옮김

씨드북

 **목차**

6월 12일
페이스북에서 에밀리 라미에

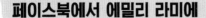

마침내 나도 페이스북 계정을 만들었다!

릴리 라미에 이름으로. (페이스북에는 에밀리 라미에가 37명이나 있어서 별명으로 만들었다.)

사실 이것이 내 인생의 첫 번째 비극이다. 이름이 참신했다면, 얼마나 좋았을까. 우리 학교에는 에밀리가 이미 네 명이나 있다. (그중에 세 명은 갈색 머리이고, 앞머리를 내렸다. 나처럼!) 그러니까 페이스북은 말할 필요도 없겠지. 하지만 이런 부정적인 생각은 접어야지! 왜냐하면 나의 오늘은 이러하니까.

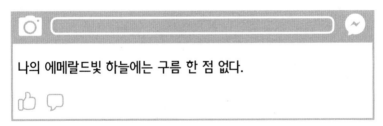

나의 에메랄드빛 하늘에는 구름 한 점 없다.

(내 프로필에 올린 첫 번째 문장이다. 내가 쓰고도 뿌듯하다.)

나는 오전 내내 프로필 사진을 골랐다. 나의 모든 사진에는 거의 돌출귀밖에 안 보인다. (난 한쪽 귀가 불쑥 튀어나왔는데, 이것이 내 인생의 또 다른 비극이다.) 내 첫 번째 단짝인 쥘리에트는 흔하지 않기 때문에 독특해 보인다고 위로하지만, 난 차라리 귀가 없었으면 좋겠다. (당연히 튀어나온 귀를 말하는 거다.)

마침내 괜찮은 사진을 찾았다. 해 질 녘에 발코니에 서 있는 내 모습인데, 주위가 흐릿했다. 내 얼굴 주위에 빛이 나서 전문가가 찍은 사진 같았다. (사실은 엄마가 카메라 초점을 맞추지 못해 잘못 찍은 사진이다.)

그다음에는 커버 사진을 골라야 했는데, 이건 망설일 것도 없었다. 나의 친한 친구들 쥘리에트, 주디트, 모르간과 코랄리 쌍둥이 자매, 테아나와 같이 찍은 단체 사진으로 올렸다. 우리 여섯 명이 학교 계단에서 찍은 사진인데, 꽤 근사해 보인다.

나는 오후에도 내내 프로필을 꾸몄다. 처음에는 정확하게 쓰는 게 중요하다고 생각해서 모든 칸을 채우려고 했지만, 얼마 못 가 '학력'과 '전문 기술' 칸에서 막혔다. 난 '중학생'이라고 쓰고 싶지 않았다. 별 볼 일 없어 보이니까. 또 '학생'이라고 쓰면 노티나 보일 것 같았다. 그래도 '전문 기술' 칸은 쓸 게 많다. 스키도 잘 타고, 손 짚고 옆 돌기도 할 줄 아니까. 그렇지만 '전문가'는 아니다.

그래서 빈칸으로 남겨 뒀다. 그래도 마음에 드는 칸은 모두 채워서 꽤 좋아 보였다. 내 프로필을 보면 왠지 모르게 신비로워 보여서 내가 누구인지 알고 싶을 것 같다.

   🧍 에밀리(친구들 사이에서는 '릴리')
   📍 파리 출생

내 개인 정보를 몇 가지 덧붙였다.

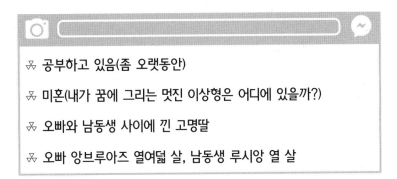

- ⚘ 공부하고 있음(좀 오랫동안)
- ⚘ 미혼(내가 꿈에 그리는 멋진 이상형은 어디에 있을까?)
- ⚘ 오빠와 남동생 사이에 낀 고명딸
- ⚘ 오빠 앙브루아즈 열여덟 살, 남동생 루시앙 열 살

'자세한 내 소개'에는 내가 좋아하는 문구를 적고 싶었다.

- ⚘ '친구는 우리의 날개가 나는 법을 잊어버렸을 때, 우리를 일으켜 주는 천사다.'

하지만 '기본 정보'에서 생일은 솔직히 건너뛰고 싶었다. 사진 속의 나는 내 나이보다 훨씬 성숙해 보이기 때문에 내가 어리다는 걸 알리고 싶지 않다. 물론 학교 친구들은 날 안다. 하지만 내 페이스북은 나와 같은 건물에서 공부하는 한심한 남자애들(나와 동갑인 남자애들을 말한다)한테 보여 주려고 만든 것이 아니다. 나와 친한 여자 친구들과 (화성에 살거나 페이스북 페이지를 한 번도 열어보지 못한 사람들도 아는) 페이스

북 메시지로 24시간 내내 말하기 위해서 만들었다. 그리고 내 페이스북이 성 요한 중학교 3학년 오빠들, 샘, 막스, 캉탱, 자크 또는 다른 오빠들의 눈에 띄기를 바라는 마음도 크다.

요즘 내 친구들과 나는 중 3 오빠들에게 푹 빠져 있다.

나는 내 친구 모두에게 페이스북 친구 신청을 했다.

메시지 전송 완료.

최고!

질투 나아아아.

페친은 몇 명이야?

좋아요오오오!

내 베프 짱이야!

네 커버 사진에 (한쪽 귀만 톡 튀어나온) 미키마우스가 슬그머니 끼어 있네!

그렇다. 반갑지 않은 불청객의 메시지가 떴다.

친구들이 보낸 기분 좋은 메시지 다섯 개에 이어 우리 집 폭탄, 오빠가 보낸 메시지가 떴다!

앙브루아즈 오빠는 내 인생에서 세 번째 비극이다! 오빠는 열여덟 살이고, 오빠 혼자 몸무게가 우리 반 남자애들을 다 합친 것보다 더 나간다. 오빠는 어떻게 내가 페이스북 계정을 만들자마자 알았을까? 하지만 난 아직도 할 게 많아서 오빠를 무시하고 페이스북을 계속했다.

나는 '친구 요청'을 하는 데 족히 세 시간을 보냈다. 친구들이 너무 많아서 인생의 친구들을 분명히 정해야 했다. 페이스북에서는 친구들을 찾아서(그러니까 친구들의 프로필을 일일이 찾아야 한다) 친구 요청을 해야 하고, 그 요청을 친구들이 받아 줘야 한다.

그러고 나면 페이스북 친구들과 아주 많은 것들을 공유할 수 있다. 예를 들면, 사진이나 웃긴 동영상이나 아주 재미난 기사나 근사한 글 등등·

끝내주는 건, 페이스북에서는 친구를 맺으면 그 친구의 친구와도 친구가 될 수 있어서 금세 수백 명이나 되는 친구가 생긴다는 점이다. 이게 진짜 좋다. 다섯 번째로 친한 친구 테아나는 페이스북 친구가 260명이나 된다.

현재 나는 41명밖에 없다. 하지만 페이스북을 만든 지 고작 열두 시간밖에 되지 않았으니, 이 점을 알아 두길!

느지막이 아침을 먹고 10시에 시작해서 밤 10시가 되었으니까 정확히 열두 시간이 지났다. 토요일은 온종일 컴퓨터를 쓸 수 있어서 진짜 좋다.

조금 전에 오빠한테서 메시지를 또 받았다.

릴리, 코 자러 갈 시간이야.

안 되겠다. 오빠는 차단해야겠다. 이미 집에서 직접 보는 걸로도 충분하니까.

6월 15일
페이스북에서 에밀리 라미에

꿈일까? 생시일까?

나는 나를 세 번이나 꼬집었다.

조금 전에 내 컴퓨터 화면에 뜬 알림을 보고 또 봤는데도 내 눈을 믿을 수 없다.

샘 오빠가 내 프로필 사진에 '좋아요'를 누른 것이다!

'중 3 오빠' 말이다!

처음에 난 숨이 멎는 줄 알았다. 이어서 이것이 실화라는 것을 깨닫자마자, 아래와 같이 내 친구들에게 의미심장한 메시지를 보냈다.

"샘 오빠와 나, 시작된 걸까?"

곧장 네 명에게서 답문이 왔다. (테아나는 어제부터 나한테 말을 걸지 않는다. 내가 테아나 춤 공연 영상에 '좋아요' 누르는 것을 깜빡했기 때문이다.) 페이스북에 올라온 것들을 다 보는 건 힘들다. 하지만 나는 친구들의 페이스북을 일일이 열어 보느라 시간을 몽땅 보낼 정도로 최선을 다했다. 그래도 놓친 울트라 짱 중요한 사건들이 있었다.

성 요한 중학교?

장난치지 마!

짱이야아아아아!

내 친구 멋진데!

나는 오늘의 기분을 잘 보여 줄 글귀를 찾으려고 인터넷 검색을 하는데, 오빠가 내 방에 불쑥 들어왔다. 내 휴대용 스피커를 빌리러 왔지만, 나한테 써도 되는지 묻지도 않았다. 아니 그보다 〈겨울왕국〉의 후렴구를 개사해서 목청껏 부르면서 날 약 올리려고 했다.

"렛 잇 고…… 렛 잇 고…… 난 문을 열고 나갈 거야……."

남동생 루시앙도 덩달아 신이 나서 따라 들어와 노래했다. 내 마음속에서 폭력의 파도가 솟구쳤다. 내 방의 들썩거리는 축제 분위기를 알아챈 부모님이 들어와 여름 바캉스 여행지를 정했지만 숙소가 아직 확정되지 않아 당장은 알려 줄 수 없다고 했다.

"아마 알게 되면, 뒤로 넘어갈걸!" 아빠가 실없이 말했다.

"여보, 말하면 안 돼!" 엄마가 찡긋 눈짓을 했다.

"뒤로 넘어간다고요? 그게 무슨 말이에요?" 오빠가 노래를 뚝 멈추며 물었다.

"이렇게 뒤로 넘어가면서 지내는 거예요?" 루시앙은 몸을 뒤로 젖히며 말했다.

부모님은 애매한 표정을 지었다.

나는 몇 가지 이유 때문에 몹시 불안해졌다.

첫째, 우리 가족은 바캉스 계획을 미리 짠 적이 한 번도 없기 때문이다. 늘 '떠나기 직전에', 그것도 '즉흥적으로' 정했다.

둘째, '뒤로 넘어간다'는 말이 수상쩍었다. 루시앙의 몸장난처럼 웃어 넘기려고 해도 말이다.

셋째, 우리 부모님이 세기의 생각을 했다는 느낌이 든다.

나의 결론: 느낌이 좋지 않다.

그래도 오늘은 기분이 여전히 좋다. (샘 오빠가 '좋아요'를 눌렀으니까. 새로운 초콜릿 잼 한 통을 따는 것보다 더 좋다!) 하지만 작은 구름이 몰려와 내 머릿속에 떠 있는 아름다운 해를 가려 버렸다.

그래서 '상태'에 지금 내 기분을 완벽하게 설명할 문장을 써서 올렸다.

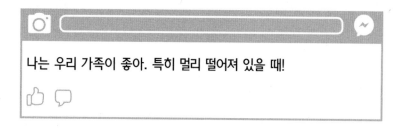

좀 못된 글이란 걸 안다. 그래도 '좋아요'를 22개나 받았다. 솔직히 나와 내 친구들은 모두 같은 생각이다. 가끔은 잠시 숨을 좀 쉬고 싶다. 24시간 내내 가족을 참아야 할 필요는 없다고 생각한다. 제발이지 숨 좀 쉬고 싶다!

나도 이따금 숨이 막힌다……. 우리 부모님이 어떤 면에서는 멋진 부모라고 인정할 수밖에 없다 할지라도 말이다.

부모님은 정신이 없을 정도로 무척 바쁘다. 두 분은 같은 회사에서 일하고, 항상 인터넷에 접속해 있다. 밤에도 계속 메일을 확인하느라 자명종을 켜 놓는 것 같다. 부모님은 아침에 일어나면 곧장 초고속 열차 테제베 모드로 바뀐다. 늘 늦었기 때문이다. 자느라고 허비한 시간을 만회하기 위해 아침 식사 대신에 태블릿이나 스마트폰을 손에 닿는 대로 잡아 인터넷에 접속부터 한다. 아침부터 무수한 정보를 확인해야 하기 때문이다! 그래서 부모님은 우리에게 디지털 기기 사용을 너그럽게 허락해 주시는 편이다. 몇몇 내 친구들처럼 '시간 제한'이 없다. 우리 집에서는 '완전 자유'라고 말할 수 있다!

우리 부모님은 "시간 관리를 할 줄 알면, 이미 어른이 된 것이다"라는 격언을 아주 좋아한다. 하지만 내가 볼 때 우리 부모님은 '바캉스'를 떠나기 전날에 계획을 세우는 스타일이라서 '시간 관리' 면에서는 모범이 되지 못한다. 물론 두 분은 그 사실을 깨닫지 못하는 것 같지만 말이다.

그래서 우리 가족은 항상 뜻밖의 낯선 여행지로 가게 된다. 저번에 런던에 가려다가 여권 확인을 못 했을 때가 그랬다. 엄마는 공항에 가서야 오빠의 여권이 만료되었다는 사실을 발견해 우리 가족은 허탈하게 집에 돌아와야 했다. 그래서 바캉스를 떠나지 못한 우리 가족을 딱하게 여긴 부모님 친구 분들의 초대를 받아 프랑스 남부로 가 그분들의 댁에서 2주를 보냈다. 그래서 난 곧 윤곽이 드러날 바캉스가 왠지 모르게 신경 쓰였다.

그것 말고도 신경 쓰이는 건 오빠와 남동생인데, 좀 골칫거리다. 오빠는 열여덟 살인데, 오빠의 진짜 삶은 인터넷에서 펼쳐진다. 오빠는 나보다 훨씬 오래전부터 인터넷을 했다. 간단히 말해서 내 페이스북을 오빠의 것과 비교하면, 나는 이제 막 동굴 벽에 그림을 그리기 시작한 오스트랄로피테쿠스나 마찬가지다.

오빠는 게이머다. 대체로 자신의 인생을 컴퓨터 게임에 쏟아붓고 있다는 말이다. 오빠는 팀을 이루어 게임을 한다. (오빠의 팀원들은 빅플라이, 프티딩고, 코로주피 혹은 키루아 5200과 같은 가명을 쓴다.) 진짜다. 오빠가 팀원들과 채팅하는 내용을 보면…… 외계어가 따로 없다. 오빠는 하루에 (훈련하듯이) 몇 시간씩 〈더 웨이 투 워〉라는 게임을 한다. 되도록 사람을 많이 죽여야 이기는 전쟁 게임이다.

오빠는 이미 빡빡한 게임 훈련 일정으로도 성에 차지 않는지 인터넷 방송도 한다. 참고로 오빠는 자신이 게임을 하면서 그 게임을 스스로 해설하는 모습을 촬영해 인터넷에 올린다. 최악은 오빠와 같은 게이머들이 오빠의 게임 방송을 시청한다는 것이다. 나도 오빠의 강습 영상을 몇 개 힐끔 봤는데, 사차원 그 자체였다.

오빠는 더는 뭘 해야 할지 진짜로 모를 때는 공책을 펼쳐 놓고, 고 2 과목을 복습한다. 이번 학기 말 성적이 망했기 때문이다. 그래서 오빠의 성격이 평소보다 더 괴팍해졌다.

오빠와 나는 서로에게 말을 걸지 않으면 아주 잘 지낸다. 어쨌든 오빠는 킬, 슛, 배틀, 보스나 팀이란 단어가 없는 문장에는 그다지 관심이 없다.

루시앙은 열 살로, 그러니까 나보다 네 살 어리다. 우리 가족의 대표 룰루는 학교에서 공부 도사다. 우리는 남동생 루시앙을 애칭으로 '룰루'라고 부른다. 우리 남매 중에서 '성적'이 말도 안 되게 좋다.

오빠는 종종 동생에게 유치원 때 뇌가 뒤바뀐 게 틀림없다고 말한다. 그렇다면 고마운 일이다.

문제는 동생이 슈퍼 똑똑이인 동시에, 매우 예민하고, 알레르기 증상이 많은 어마어마한 골칫거리라는 것이다. 털 때문에 포유류도 조류도 못 키운다. 무서운 영화도 안 된다. 얘한테는 어떠한 성가신 것도 있으면 안 된다. 아주 어렸을 적부터 먹는 것 하나하나까지 조심해야 했다. 그렇지 않으면 온몸이 부어서 매우 위험해질 수 있기 때문이다.

룰루는 생각을 많이 하고(내가 볼 때 우리 집에서 가장 많이 사색을 하는 것 같다), 특별히 스크래블 보드게임*을 좋아한다. 놀이판에서 낱말을 맞추고 좋아서 폴짝폴짝 뛰는 열 살짜리 애는 세상에 룰루 밖에 없을 것이다.

솔직히 나는 오빠와 남동생, 두 형제 사이에 낀 샌드위치 같다는 생각이 든다. 그럴 때는 내가 외동딸이라고 상상한다. 그러면 누구의 방해도 받지 않고, 페이스북이나 문자로 친구들과 몇 시간씩 수다를 떨

---

* 알파벳이 새겨진 조각을 무작위로 뽑아서 게임 판 위에 한 줄로 놓아 단어를 만들어 내는 게임이다. —옮긴이

수 있을 테니 얼마나 행복할까?

　조금 전에 '상태 메시지'를 다시 적어 올렸다.

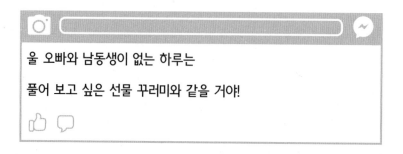

벌써 댓글이 12개, '좋아요'가 17개다.

대박, 내 페이스북은 성공이다!

6월 19일
페이스북에서 에밀리 라미에

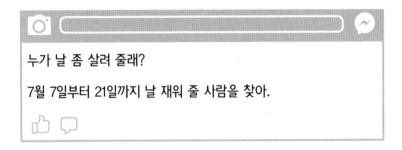

누가 날 좀 살려 줄래?

7월 7일부터 21일까지 날 재워 줄 사람을 찾아.

내가 조금 전에 올린 글이다.

나는 컴퓨터 스크린을 뚫어지게 쳐다보며 댓글이 달리기를 기다렸다. 진심으로 초대받기를 바랐다. 내 친구들은 이미 아는데, 안타깝게도 모두 나와 동시에 여행을 떠난다.

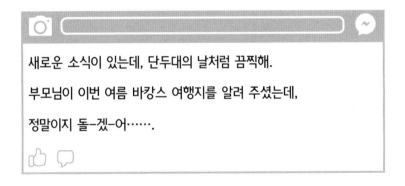

새로운 소식이 있는데, 단두대의 날처럼 끔찍해.

부모님이 이번 여름 바캉스 여행지를 알려 주셨는데,

정말이지 돌-겠-어…….

나의 팔로어들이 내 삶에 불어닥친 비극을 알아주면 좋겠다.

어젯밤이었다. 우리는 모두 거실 소파에 있었다. 루시앙은 게임기를 하고, 오빠는 스마트폰의 자판을 두드리고, 나는 컴퓨터 스크린에 페이스북을 띄워 놓고 혹시라도 새로운 알림이 있는지 살펴보고 있었다. 성요한 중학교의 샘 오빠는 내 사진에 '좋아요'를 한 번 누른 이후에 아무런 표시가 없었다(훌쩍!).

"자…… 너희가 모두 기다리던 시간이 왔어. 올여름에 어디로 여행을 떠날지 알고 싶지?" 아빠가 불쑥 말을 꺼냈다.

엄마도 거들었다.

"그래, 알고 싶어서 안달이 날 거야. 앙브루아즈, 스마트폰 그만하고, 에밀리, 너도 컴퓨터 꺼!"

"룰루는 엄마 말 안 들리니?" 아빠가 엄하게 말했다.

"저한테는 아무 말도 안 했잖아요." 남동생은 게임기에서 눈을 떼지 못하면서 대꾸했다.

"룰루도 그만!" 엄마가 혼냈다.

우리 막내 동생은 꾸중을 듣는 경우가 흔치 않아서 움찔한 듯 했다. 오빠는 그 틈을 타서 다시 문자를 보냈다. 나도 컴퓨터 스크린을 켰다. 하지만 엄마의 두 번째 고함 소리에 우리는 소스라쳤다.

"모두 다 꺼! 엄마가 말하는 동안에 어떤 기기도 켜서는 안 돼!" 엄마가 으름장을 놓았다.

"그러면 엄마도 스마트시계 빼요!" 오빠가 어깨를 으쓱이며 말을 내뱉었다.

엄마는 곧바로 대꾸하지 않았다. 우리 부모님은 서로 쳐다봤다. 우리에게 이번 바캉스 여행지를 알리기에는 짜증이 많이 나 보였다.

나는 컴퓨터 스크린을 끄면서 이번 여행이 다시 한 번 불안하게 느껴졌다.

아빠는 헛기침을 하며 목소리를 가다듬었다.

"그러니까, 흠흠, 엄마와 아빠가 생각을 좀 해 봤는데⋯⋯."

"우리가 좀 염려되는 상황에 처해 있어." 엄마가 이어서 말했다.

"여기서 '우리'라고 말할 때는 당연히 '너희'도 포함이 돼. 우리 가족 다섯을 말하는 거야."

"맞아, 여보. 잘 짚어 줬어." 다시 엄마가 말했다.

"내가 분명히 하는 걸 좋아하잖아." 아빠가 말했다.

루시앙과 오빠와 나는 동시에 똑같은 표정을 지었다. 우리 셋은 불안해서 눈썹을 치켰다.

"이러한 염려에서 출발해 세상에서 가장 '휴식다운 휴식'을 누릴 수 있는 바캉스 여행을 생각해 봤어." 아빠가 말했다.

"맞아, 진짜 좋을 거야아아아!" 엄마가 거들었다.

왜 '진짜'란 단어가 내 귀에서 오랫동안 윙윙거릴까?

"좋아요. 어서 까 보세요!" 오빠가 여전히 눈썹을 찡그린 채 퉁명스럽게 말했다.

"앙브루아즈, 까 보라니, 그건 엄마 아빠한테 할 소리가 아니지. 전에도 엄마가 버릇없이 말하지 말라고 말했을 텐데." 엄마가 꾸짖었다.

"그래, 그런 말은⋯⋯." 아빠도 나섰다.

"알겠어요. 그러니까 빨리 말씀해 주세요! 올여름에 어디로 간다는 거예요? 네에?" 루시앙이 아빠의 말을 자르며 재촉했다.

"라 샤펠 생 샹봉 쉬르 셰스!" 부모님이 동시에 외쳤다.

그 말에 쿵 하고 침묵이 내려앉았다.

피를 얼어붙게 하는 침묵이었다.

"거기가 어디예요?" 난 살짝 떨리는 목소리로 물었다.

"크뢰즈주에 있어! 이번 바캉스는 너희가 뒤로 넘어갈 만큼 놀라운 여행이 될 거야. 바로 디지털 디톡스를 할 거거든!" 아빠가 흥분해서 말했다.

"굉장하지?" 엄마는 들떠서 고개를 흔들었다.

또다시 침묵이 거실을 뒤덮었다. 오빠는 열심히 생각하는 듯했다. 이어서 떨리는 목소리로 웅얼거렸다.

"디톡스는 중독의 반대말이고, 디지털은⋯⋯ 그러니까⋯⋯."

"네트워크! 인터넷! 밤부터 아침까지 우리 삶을 침범하는 와이파이!" 이번에는 아빠가 큰 소리로 말했다.

"그래, 얘들아, 우리 모두 얼마나 인터넷에 초접속되어 살고 있니! 그래서 더는 서로 말하지 않고 '문자'를 해. 더는 사진을 찍지 않고 '인스타그램'을 해. 더는 직접 얘기하지 않고 '페이스북'에 적지. 더는 생각하는 것을 분명히 말하지 않고 '트위터'를 한다고!" 엄마도 흥분한 목소리로 설명했다.

"알겠어요. 그러니까 두 분이 말씀하시는 '디톡스'가 무슨 뜻이에요?" 오빠는 한층 더 떨리는 목소리로 물었다.

"우리는 2주 동안 작은 강가에 있는 꿈의 게스트 하우스에서 지낼 거야. 그곳에서 할 것은 '인터넷 제로'. 하지만 재미난 활동을 아주 많이 할 거야." 아빠가 설명했다.

"맞아. 세상과 떨어져서 우리 다섯이서 지내는 거야. 자연에서 호연지기도 기르고, 깊이 생각하고, 말하고, 걷고, 낚시하고, 요리하고, 놀고, 수영도 할 거야." 엄마가 덧붙여서 말했다.

우리 부모님은 입을 다물었다. 잔뜩 희망에 부푼 눈으로 우리를 한 명씩 돌아봤다. 우리가 한 목소리로 '야호' 하기를 기다리는 듯했다.

하지만 우리는 앞이 깜깜해졌다.

"그래도…… 게임기는 되는 거죠?" 루시앙이 물었다.

"아니! 인터넷도 안 되고, 스크린을 보는 것도, 스마트폰도 안 돼…… 재충전의 시간을 갖기 위해서 와이파이를 모두 끊을 거야."

그 말에 나도 페이스북을 할 수 없다는 것을 깨달았다.

24시간 내내 친구들과 접속하겠다는 꿈이여, 안녕!

나와 샘 오빠를 잇는 아이콘이 뜨기를 바라는 모든 희망이여, 안녕!

"그래, 이 디톡스 여행 어때?" 엄마가 미소를 띠며 물었다.

"되게 별로예요!" 루시앙이 볼멘소리로 대답했다.

"아이들은 빠지는 옵션은 없어요?" 머릿속에 그려지는 장면에 넋이 나간 오빠는 소파에 널브러져서 물었다.

"진짜로 예약을 하셨어요?" 나는 마지막으로 확인하기 위해 물었다.

"당연하지. 모두에게 필요하고, 긍정적인 것이니까." 엄마가 힘주어 대답했다.

"게다가 넌 지난 학기 성적이 형편없었잖니. 네가 인터넷에서 보낸 시간을 따져 보면……." 아빠가 오빠를 돌아보며 말했다.

"하지만 전 아니잖아요. 학교 공부 열심히 했잖아요. 그런데 왜 저까지 벌을 받아야 해요?" 루시앙은 울상을 지었다.

엄마는 우등생인 막내를 와락 끌어안으며 한창 자라고 있는 우리 뇌가 불행하게도 인터넷으로 인해 큰 피해를 입고 있다고 주저리주저리 얘기했다.

"어떻게 엄마 아빠가 그렇게 말할 수 있어요! 아침 식사 중에 메일에 답장을 쓰는 분이 누군데요? 우리는 아니잖아요!" 내가 발끈해서 외쳤다.

아빠가 진지한 표정으로 말했다.

"그래서 인터넷을 하지 않기로 결정한 거야. 우리 모두 새롭게 숨을 쉴 필요가 있어. 너희가 아빠와 엄마를 따라 주면 좋겠구나."

세상의 종말을 고하던 장면은 이렇게 끝이 났다…….

내 페이스북에는 날 재워 주겠다는 친구가 여전히 없다!

크뢰즈주에는 '라 샤펠 생 샹봉 쉬르 셰스'라는 부드러운 이름을 가진 마을이 있어. (여기에 살려면, 꼭 '샤'나 '셰' 발음을 잘해야 하는 건 아니야. 하지만 '샤'나 '셰' 발음을 못 하는 사람이 이 마

을에 산다면 어떨까?) 우리 부모님은 아무도 모르고, 아무 일도 일

어나지 않는 이 곳에서 보름 동안 바캉스를 보내겠다고 결정했어.

그런데 최악이 뭔지 아니? 모든 디지털 기기의 접속을 끊고 살아야

한다는 거야. 무엇이 됐든지 말이야! 이것이 '디지털 디톡스'래.

이제 인터넷, 컴퓨터, 게임기, 스마트폰, 현대 문명과 작별해야 돼.

내 팔로어들이여 안녕, 내 페이스북 방문자들이여 안녕, 내 사랑하는

친구들이여, 안녕.

안녕, 썩어 빠진 바캉스야!

얘들아, 내가 죽은 자들 가운데에서 살아 돌아올 때까지 좀 기다려

주겠니?

이보다 더 분명하게 말하기는 어렵다. 이제 내 페이스북 친구들은 내가 겪을 악몽을 알게 될 것이다.

나는 인적이 끊긴 황량한 거리를 돌아다니는 좀비 영상도 올렸다.

며칠 동안 외딴 곳에 있을 나와 내 가족이 이런 모습이 아닐까 해서 말이다.

6월 27일

내 페이스북 글 「인터넷 없는 보름」에 달린 댓글을 더는 못 세겠다. 내 최고 기록을 깼다. 난 또다시 숨이 멎을 뻔했다. 샘 오빠가 내 좀비 영상에 '좋아요'를 누른 것이다. 그렇다고 해서 오빠가 바캉스 동안에 내가 피해 있을 곳을 알려 준 건 아니다. 하지만 '좋아요'가 늘어나다 보면, 어떻게 될지 누가 알까?

글쎄, 바라던 일이 생길까? 페이스북은 망했는데!

난 아무리 생각해도 납득이 안 된다. 설령 1박 2일이라고 하더라도 어떻게 친구들과 말하지 않고, 사진도, 문자도, 페이스북 메시지도 주고받지 못하고 지낼 수 있단 말인가?

요사이 나는 친구들과 셀카를 엄청나게 많이 찍었다. 조금 있으면 못하겠지. 난 부지런히 사진을 올렸다. 테아나와 찍은 셀카 12장, 쥘리에트와 17장, 코랄리와 코랄리의 쌍둥이와 23장…… 심지어 알리스와 찍은 사진도 한 장이나 포스팅했다. 알리스는 정말 짜증 나는 애라서 더는 말하고 싶지 않다.

아무리 궁리를 해도 뾰족한 수가 떠오르지 않았다. 어떻게 좋아하는 사람들과 접속을 끊고 살 수 있단 말인가! 나는 부모님을 설득하려고 애썼지만, 차라리 벽에 말하는 편이 낫다. 오히려 벽이 나를 더 이해해 줄 것 같다.

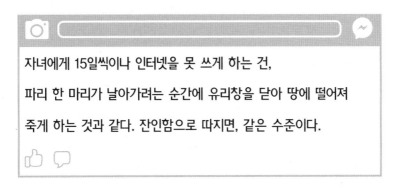

자녀에게 15일씩이나 인터넷을 못 쓰게 하는 건,
파리 한 마리가 날아가려는 순간에 유리창을 닫아 땅에 떨어져
죽게 하는 것과 같다. 잔인함으로 따지면, 같은 수준이다.

나는 해결책을 찾기 위해 골똘히 궁리해 보았다. 할머니와 할아버지 댁에 가 있고 싶다고 전화를 했지만, 할머니와 할아버지는 디지털 디톡스가 우리를 위해서 아주 좋은 생각이라고 반겼다.

"우리 손녀가 실시간으로 여러 가지 것을 경험하는 행복을 맛보겠구나. 너와 진짜 삶 사이에 스크린이 없으니까. 그것이야말로 진짜 호사지." 할머니가 말했다.

치, 이런 말은 내 페이스북에 올리고 싶은 글귀가 아니다.

최악은 테아나도 성 요한 중 3 오빠들과 친구가 됐다는 것이다. 샘 오빠의 친구인 자크 오빠와 페이스북에서 메시지도 주고받았다. 테아나가 우리 친구들 열둘에게 문자로 알렸다. 어쩌면 내가 여행 간 동안에는 샘 오빠와 페이스북 메시지를 주고받고, 데이트도 할지 모른다!

그동안 나는 뜨개질이나 하고 있겠지? 아니면 최악은 나보다 앞선 신데렐라처럼 양털로 실을 잣고 있을지도 모른다.

이런 마당에 대체 디톡스가 무슨 소용이람?

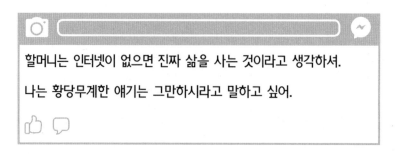

몇 분 만에 '좋아요' 25개를 받았다.

나는 페이스북에서 진짜 스타가 되어 가는 중인데, 부모님이 망치려고 한다. 또 테아나의 페이스북 메시지가 왔다. 자크 오빠가 예쁘다고 했단다.

정말이지 이번 바캉스 떠나기 싫다!

7월 3일
페이스북에서 에밀리 라미에

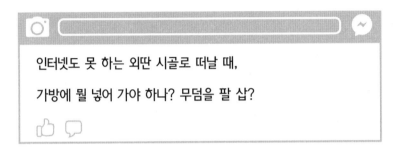

인터넷도 못 하는 외딴 시골로 떠날 때,

가방에 뭘 넣어 가야 하나? 무덤을 팔 삽?

현대인의 삶을 떠나기 전에 페이스북에 마지막으로 올린 내 글 중에 하나다. 허풍이 아니라 진짜로 떨린다. 어제 오빠와 나는 우리 인생에 닥친 끔찍한 비극에 대해 의논했다. 오빠는 우리가 수도원에 들어가는 수도사 같다고 푸념까지 했다.

"우리에게 무슨 일이 기다릴지 불 보듯이 뻔해. 우리 다섯 명은 강가를 걷겠지. 보트를 탈 거야. 아니면 캠핑 요리를 하겠지?" 오빠가 음산한 목소리로 말했다.

내가 크게 한숨을 내쉬자, 오빠는 더 비통한 표정을 지었다.

"2주면, 나는 미쳐 버릴 거야."

'오빠는 이미 미쳤어.' 이 생각이 내 입 밖으로 나오지는 않았지만, 내가 너무 깊이 생각한 나머지 오빠가 들었을지 모른다는 생각이 들었다.

"최악은 훈련은 다 했다는 거야. 짱 중요한 시합이 코앞인데!"

(여기서 시합은 유도를 말하는 게 아니다……)

"내가 없으면, 우리 팀은 질 게 뻔해. 보름이면 점수가 크게 떨어질 텐데!" (여기서 점수는 오빠의 학교 성적을 말하는 게 아니다.)

"내가 있어야 국내 결승전에 출전할 자격을 얻어."

나는 오빠에게 내 페이스북 계정과 페이스북 친구들 얘기를 꺼내기 전에 오빠의 말에 고개를 끄덕이며 되도록 알아들으려고 애썼다. 하지만 오빠는 늘 그렇듯이 내 얘기를 귀담아 듣지 않고 어깨만 으쓱였다. 오빠의 관심은 오로지 〈더 웨이 투 워〉 게임뿐이다.

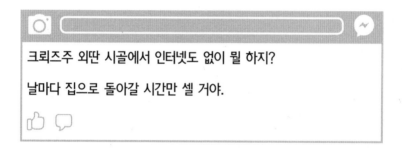

크뢰즈주 외딴 시골에서 인터넷도 없이 뭘 하지?

날마다 집으로 돌아갈 시간만 셀 거야.

나는 이미 바캉스를 떠난 쥘리에트의 페이스북을 슬쩍 봤다. 쥘리에트는 프랑스 남부 방돌에 가 있고, 프로필 사진을 바꿨다. 물가에서 수영복을 입은 사진도 올렸다. 너무 예쁘다!

당연히 쥘리에트 부모님은 정상적인 분들이라 바캉스 동안 인터넷 접속을 막지 않았다. 내가 세상과 완전히 단절되어 있을 동안, 쥘리에트는 계속해서 친구들과 연락을 주고받을 것이다.

완전 소름! 내가 없는 동안에 엄청나게 많은 일들이 벌어질 텐데, 난 알 도리가 없다.

어떻게 알 수 있단 말인가! 난 투쟁하기로 결심했다. 그리고 지겨워 죽지 않으려면 뾰족한 수를 찾아야 한다.

난 '라 샤펠 생 슈슈*'에 가게 되면, 날마다 내 느낌을 적을 것이다. 일종의 여행 일지가 되겠지. 미지의 땅으로 떠난 최초의 모험가처럼 적을 테니까. 어떻게 들키지 않고 문명과 접속하는지 세세하게 알려 줄 것이다. 악조건에서 살아남는 항해 일지가 될 것이다.

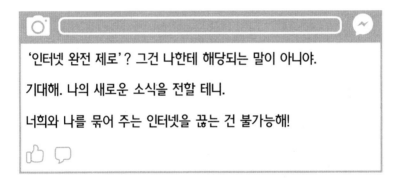

'인터넷 완전 제로'? 그건 나한테 해당되는 말이 아니야.

기대해. 나의 새로운 소식을 전할 테니.

너희와 나를 묶어 주는 인터넷을 끊는 건 불가능해!

---

* 주인공이 '라 샤펠 생 샹봉 쉬르 셰스'라는 긴 지명을 매번 말하기 귀찮아서 줄여서 부르는 말이다.─옮긴이

7월 7일, 저녁 7시
에밀리 라미에의 일기, 첫째 날

지금 난 펜을 들고서 스프링 공책에 글을 쓰는 중이다. (웩, 다시 학교에 돌아간 기분이다.) 이것은 나의 증언이다. 그리고 물론 이 기록을 출간할 방법을 찾을 것이다. 나는 '정상적인' 세상에 돌아갈 기대를 내려놓았다. 왜냐하면 이곳은…… 뭐라고 말해야 하나?

나는 상상도 못 할 곳이라고 말했는데, 그 예상보다 훨씬 나빴다. 도저히 받아들일 수 없는 곳이다.

처음부터 얘기해야겠다. 라 샤펠 생 슈슈로 출발했을 때부터 얘기하자면, 우리는 차 안에서 평소처럼 거의 말을 하지 않았다. 우리 가족은 길게 대화를 나누는 것이 지극히 드문 일이다. 오빠는 숨도 쉬지 않고 스마트폰을 했다. 문자를 얼마나 많이 보내는지 세계 기록을 깨려는 듯했다.

"현대 문명에서 살 시간이 얼마 남지 않았으니까 할 수 있는 만큼 끝까지 해야지. 조금 있으면 중세 시대로 들어가잖아." 오빠가 말했다.

룰루도 끝장을 봐야 할 게임이 있어서 게임기에서 거의 눈을 떼지 않았다.

"아직은 차 안이잖아요." 남동생은 화를 내는 엄마에게 설명했다.

"스위스와 같은 '중립' 지대예요." 오빠도 덧붙여 말했다.

나는…… 컴퓨터가 없었다. 왜냐하면 가방 속에 깊숙이 숨겼기 때문이다. (안감 속에 넣어서 아무도 못 찾을 것이다!)

나도 내 스마트폰으로 게임을 몇 판 더 했다. 하지만 페이스북은 열리지 않았다. 샘 오빠한테서 페이스북 메시지가 와 있으면 얼마나 좋을까? 쥘리에트는 새로운 바캉스 사진을 올렸다. 이건 도로에서 잠시 인터넷이 연결된 덕분에 알았다. 마치 우리를 기다리는 것이 이럴 것 같다.

그래, 우리를 기다리는 것…….

그런데 대비할 틈이 없었다. 우리의 차는 이미 주차를 끝냈기 때문이다. 우리는 그제야 눈을 들어 밖을 내다봤다. 거대한 정원에 둘러싸인 아주 큰 석조 건물이 앞에 보였다.

"와, 골대가 있어!" 룰루가 흥분해서 외쳤다.

부모님도 사방을 둘러보며 흐뭇한 미소를 지었다.

"드디어 자연이야!" 아빠가 중얼거렸다.

"그러네! 풀, 나무!" 엄마가 덧붙였다.

"참새는 짹짹, 암소는 음매음매, 양은 매에매에!" 오빠는 오만상을 찌푸리며 퉁을 놓았다.

나는 차 밖으로 발을 내딛었다. 날씨는 좋았다. 비가 오거나 눈이 내리거나 회오리바람이 몰아치기를 바랐는데. 우리 부모님이 빨리 돌아갈 생각을 하게 말이다. 하지만 크뢰즈주도 여름이었다.

"환영해요!" 우리 뒤에서 경쾌한 목소리가 들렸다.

빙글빙글 날아다니는 요정 같은 아줌마가 우리를 만나러 왔다. 아줌마는 세상에 있을 법하지 않은 옷차림을 했다. 요정 왕국의 패션인 것 같은 프릴 치마에 레이스가 잔뜩 달린 블라우스를 입었다. 옷 곳곳에서 사각사각 스치는 소리가 났다. 머리는 공을 들여서 틀어 올렸는데, 몇 가닥은 흘러내렸다.

"아, 우스꽝스러워!" 오빠는 가차 없이 비판했다.

"오는 길은 어땠어요? 좋았어요?" 요정 아줌마는 쪽머리를 흔들면서 말했다. 부모님은 들뜬 표정으로 요정 아줌마와 악수하면서 '게스트 하우스까지 오는 길이 끝이 보이지 않아 답답했을 정도로 빨리 오고 싶었다'고 말했다.

"차라리 '끝이 없는 길'이었으면 좋았을 텐데." 오빠가 퉁명스럽게 내뱉었다.

"젊은 친구, 뭐라고 했어요?" 요정 아줌마가 오빠를 돌아보면서 나긋하게 물었다.

"내 이름은 카퓌신이에요. 만나서 반가워요."

오빠는 송장 같은 표정을 지으며 마지못해 손을 내밀었다. 이번에는 좀 더 굵직한 목소리가 들렸다.

"아, 오셨군요!"

요정 아줌마의 남편이었다. 색깔로 보자면, 부인 못지않게 독특한 옷을 입었다.

"저는 알프레드입니다. 보름 동안 디지털 디톡스에 도전하는 여러분을 환영합니다!"

요정 부부는 우리에게 따라오라고 손짓을 했다. 우리는 가는 도중에 루시앙을 잃어버렸다. 루시앙은 미니 축구장과 테라스에 있는 탁구대가 좋아서 길에서 샜기 때문이다.

"이곳은 남자아이들의 방이에요. 아이들이 아주 좋아하는 곳이지요." 요정 아줌마가 문을 열면서 말했다.

우리 눈앞에 칸막이가 쳐진 넓은 공간에 나란히 놓인 10여 개의 침대가 보였다.

요정 아저씨는 좀 더 가서 다른 문을 열면서 말했다.

"그리고 이곳은 여자아이들의 방이에요. 아주 근사한 더블룸이지요."

나는 이 끔찍한 보름 동안 내 피난처가 될 곳을 바라봤다. 바닥부터 천장까지 온통 연보라색이었다.

"보라색을 좋아하지 않으면, 못 견딜 것 같아요." 나는 뒤따라 들어온 엄마에게 중얼거렸다.

"이제는 부모님 방으로 가야 하니까, 어린 손님들은 편히 쉬어요." 요정 아줌마의 남편이 말했다.

나는 오빠 방에 갔다. 오빠는 입을 헤 벌린 채 방을 쳐다보고 있었다.

"누가 이런 방이 좋다는 거야?" 오빠는 음산한 목소리로 말했다.

"정상적인 청소년이라면 당연히 질색하지! 난 소인국 인간과 같이 못 자. 저 녀석 밤새 쫑알쫑알 지껄일 텐데, 어떻게 자!"

"이 방 예쁘네! 그런데 여긴……."

오빠는 내 목소리를 따라 했다.

"이 방이 예쁘다니. 뭔 소리야? 에밀리, 미쳤어? 어디가 예뻐? 온통 꽝인데. 주인 부부의 얼굴 봤지? 고리타분한 이름도 들었잖아! 알프레드와 카퓌신이래! 차라리 고대 프랑크 왕국 이름처럼 '힐데리히'와 '힐데가르트'라고 짓지! 그 요정 아저씨가 입은 초록색 바지 봤어? 세상에 그런 초록색은 없어. 분명히 다른 초록색들이 창피해할 거야……."

오빠는 고개를 흔들면서 스마트폰을 손에 쥔 채로 침대에 누웠다.

"아저씨가 내 손에서 스마트폰을 빼앗으려면, 좀 빨리 뛰셔야 할 거야. 이건 나와 정상적인 사람들이 사는 세상을 이어 주는 마지막 줄이지." 오빠가 말했다.

실제로 요정 아줌마와 그 남편은 10분도 안 되어 현실의 삶과 연결된 우리의 모든 접속을 끊어 버렸다.

이 과정에서 어떠한 폭력도 없었다. 우리는 허탈하게 웃으며 '항복'할 수밖에 없었다. 내가 볼 때 카퓌신 아줌마는 '세상에서 가장 상냥한 요정' 학위를 딴 것 같다.

아줌마는 우리를 거실에 모이게 한 뒤, 바깥세상과 연결된 모든 것을 버들 바구니에 꺼내 놓게 했다.

"저 바구니는 빨간 모자한테서 빼앗았나 봐. 분명히 빨간 모자의 케이크도 훔쳤을 거야." 오빠는 놀라울 만큼 여유를 부리면서 내게 속삭였다.

"어, 어. 대가족인데, 디지털 기기가 별로 없네요." 요정 아줌마는 우리가 바구니에 담은 디지털 기기를 찬찬히 살펴보며 말했다.

그 말에 아빠는 주머니에 있던 스마트폰을 하나 더 꺼냈다. 엄마도 깜빡 잊고 있던 스마트시계를 풀었다.

"아빠도 미니 아이패드가 있잖아요!" 룰루가 흥분해서 외쳤다.

아빠는 얼굴을 살짝 붉히면서 다시 방에 갔다.

오빠가 키득거리자 알프레드 아저씨가 말했다.

"우리 친구들도 각자의 가방을 샅샅이 살펴보는 게 좋을 거예요. 분명히 말하지만, 이곳에는 공유기가 없어요. 그러니까 와이파이도, 인터넷도 안 돼요. 반대로 여기서는 가장 약한 와이파이도 잡아낼 수 있어요. 벌써 숨긴 기기가 있다는 걸 알아요. 처음부터 속이는 건 창피한 일이에요."

그 말에 오빠가 웃음을 뚝 그쳤다. 내가 볼 때는 숨도 멈춘 것 같았다. 여기까지가 우리가 요정들의 세상에 들어오게 된 간략한 설명이다. 우리는 곧바로 이 세상에 빠져들었다!

나는 아주 현명하게 내 컴퓨터를 내놓았다. (인터넷에 접속할 방법이 없으면 무용지물이니까.) 반면에 오빠는 '배낭 앞주머니에서 우연히 툭 떨어진 낡은 스마트폰'을 재빨리 도로 집어넣었다.

라 샤펠 생 슈슈에 온 지 딱 네 시간이 되었는데, 난 벌써 손이 근질거렸다. 조금 전에 강가를 지나면서 셀카를 찍고 싶었지만(게스트 하우스 아래에 강이 있다. 그런데 물 온도가 최고 2도밖에 되어 보이지 않는다), 보름 동안 아무것도 할 수 없다는 사실이 떠올랐다. 그 생각에 천식 발작(꽃가루가 너무 많을 때 룰루가 일으키는 알레르기)이 날 것 같았다. 질식할 듯이 목이 죄였다.

나는 복식 호흡을 몇 번 하면서 진정했다. 오빠의 말이 맞다. 우리는 미칠 것이다! 게다가 오빠 얼굴이 침울했다. 조금 전에 내 방에 들어온 오빠는 침대에서 글을 쓰는 날 보며 회고록이라도 쓰냐고 물었다.

"응, '인터넷 없는 릴리 라미에의 삶' 또는 '따분한 세상에서 보낸 보름' 중에서 어느 제목으로 갈지 고민 중이야."

"아, 나 같으면 '사람 살려, 도망치자!' 또는 '이제 난 폭발해' 중에서 고를 거야." 오빠가 괴로운 목소리로 말했다.

오빠는 내 침대에 누워서 계속 중얼거렸다.

"이 보라색 벽지는 너무 폭력적이야. 나라면 당장 여기서 나갈 거야!"

그래, 내가 처한 상황은 이렇다. 세상과 동떨어져서 친구들과 아무런 연락도 못하고, 바깥세상의 소식은 전혀 모른 채, 이성을 마비시킬 것 같은 보라색 방에서 참고 자야 한다.

바캉스는 무슨 얼어 죽을 바캉스야!

자기 자신의 그림자인 에밀리

7월 8일, 밤 9시
에밀리 라미에 일기, 둘째 날

정말이지 보라색은 더는 못 참겠다!

나는 짧게 말하려고 했다. 아침 먹을 때 '보라색 방은 죽음이에요. 이미 인터넷도 못 하는 바캉스를 보내고 있잖아요. 추한 색깔 때문에 눈까지 버리고 싶지 않아요'라고 말하면 내 뜻이 잘 전달될 것이라고 생각했다. 하지만 두 가지 사건 때문에 나는 불평을 터뜨릴 겨를조차 없었다.

첫 번째는 우리가 부엌에 갔을 때 부모님은 이미 아침 식사를 끝내고, 운동복 차림으로 나왔다. 참고로 말하면, 난 부모님이 운동복을 입은 모습은 난생처음 봤다.

"다음 올림픽에 나가시려고요? 그 연세에 위험하실 텐데…….." 오빠는 의자에 털썩 주저앉으면서 말했다.

"네 아빠와 나는 알프레드 씨의 요가 수업을 신청했어. 너희는 시간표 못 봤니?" 엄마가 운동화 끈을 고쳐 묶으면서 말했다.

"저는 인터넷이 끊기면 눈이 멀고 귀도 안 들려요." 오빠가 음산한 목소리로 말했다.

"전 봤어요. 탁구와 미니 축구 수업을 신청했어요. 오후에 낚시도 신청했어요. 또 하고 싶은 건…….." 루시앙이 신이 나서 말했다.

"넌 그걸 다 어디서 봤어?" 난 눈살을 찌푸리며 물었다.

루시앙은 오빠와 나에게 따라오라고 손짓하더니, 화이트보드를 보여 줬다. 매일 아침, 요정 아줌마와 아저씨가 화이트보드에 '오늘의 활동'을 적어 놓아서 각자 요가부터 요리, 낚시, 식물 관찰 등 원하는 수업에 표시할 수 있었다. 오빠는 보드마커를 얼른 집어 들더니 히죽거리면서 모든 칸에 내 이름을 적었다. 〈자연과 나〉라는 오늘의 수업에는 내 이름을 세 번이나 적었다. 오빠의 손에서 지우개를 빼앗으려고 뒤쫓는데, 오늘의 두 번째 사건이 일어나 나는 그 자리에 우뚝 멈춰 섰다. 새로운 가족이 온 것이다.

"내 친구들! 다시 봐서 정말 기뻐!" 카뛰신 아줌마가 반겼다.

"아이, 짜증 나! 요정 아줌마와 아저씨가 지원군을 불렀어. 여긴 죄다 '우스꽝스러운' 사람들뿐이야." 오빠는 밖을 힐끔 내다보며 투덜거렸다.

새로 온 가족은 우리가 사는 태양계 밖에 있는 행성에서 온 듯했다. 그 가족의 부모는 차 트렁크에서 라켓과 스노컬링 장비 세트가 삐져나올 정도로 꽉 찬 가방들을 꺼냈다. 딸은 우리 오빠와 나이가 비슷해 보이는데, 내가 초등학교 3학년 이후로 절대로 입지 않는 종류의 원피스를 입었다. 가죽끈이 달린 배낭에는 온갖 스티커가 닥지닥지 붙어 있고, 가장 눈에 띄는 스티커는 '와이파이 금지, 인터넷 금지, 스마트폰 금지'라고 적혀 있었다.

"무슨 옷차림이 저래?" 오빠는 여자애를 뚫어지게 쳐다보며 눈살을 찌푸렸다.

"디지털 디톡스를 좋아하는 전형적인 가족이 온 거야. 우리를 가르치려 들겠지." 내가 말했다.

"그래, 그렇겠지. 하지만 나는 인터넷 사냥을 떠날 거야." 오빠가 히죽거렸다.

내가 오빠의 말을 알아듣지 못하고 빤히 쳐다보자, 오빠는 입술에 손가락을 대고 '쉬이잇' 하고 말하면서 멀어졌다.

갑자기 내 방 침대가 2인용이라는 사실이 떠올랐다.

나는 부모님을 찾아 이리저리 뛰었다. 형편없는 방에서 지내는 것만으로도 이미 괴로운데, 그것도 모자라 '인터넷이 없어도 괜찮아'라는 행성에서 온 쪼끄만 요정과 같이 지내야 하는 건 너무한 처사라고 하소연하고 싶었다.

하지만 운도 없지, 아빠와 엄마는 우주에 가 있었다. 카퓌신 아줌마가 슈퍼 친절 요정이라면, 그 남편은 인도에서 바로 온 요정이다. 마치 명상의 마하라자*와 같다.

'굳어버린 몸과 마음, 요가로 다스리다!' 수업을 마치고 나온 우리 부모님의 모습은 아주 먼 여행을 하고 온 듯했다. 엄마는 차분해 보였고, 더할 나위 없이 행복해하는 아빠의 손을 미소를 지으며 잡고 있었다.

나는 이 지경에 이른 부모님을 보면서 우리 가족이 이단 집단에 온 것이 확실하다는 생각이 들었다. 이런 체류 상태라면, 우스꽝스러운 가족과 같이 지내야 하는 상황이라면, 한시라도 빨리 벗어나야겠다는 생

---

* 인도의 여러 왕조에서 왕을 부르는 칭호로 사용하던 말이다.—옮긴이

각밖에 들지 않았다.

난 꾸물거리지 말고 행동해야 했다. 그래서 오빠의 뒤를 쫓아 달려 나갔다. 오빠와 함께 접속자들이 있는 정상적인 세상에 가기로 맘먹었다. 그러려면 무뚝뚝한 10대와 있어야 하지만, 상관없다.

오빠를 찾아내는 데 시간이 좀 걸렸다. 오빠는 게스트 하우스 정원 끝에서 등을 살짝 굽히고 담장을 따라 아주 천천히 걷고 있었다.

"릴리, 몸 숙여! 너 때문에 들키겠어." 오빠가 날 보자마자 소곤거렸다. 허리를 굽혀서 다가가니 오빠는 스마트폰을 들고 있었다.

"어떻게 스마트폰을 갖고 있어?" 나는 놀라 물었다.

"내가 정말로 요정한테 순순히 줬을 것이라고 믿었어? 게스트 하우스에 있을 때는 비행기 모드로 해 놓아서 아무도 몰라. 지금 와이파이를 잡는 중이야. 좀 잡히는 것 같아. 어, 거의 다 왔어."

오빠는 점점 더 빠르게 나아갔다. 마치 황금을 찾는 사람 같았다.

우리는 막다른 곳에 있는 쓰레기장 앞에 갔다.

"잡혔어! 내가 잡았어! 예스!" 오빠는 얼굴이 밝아져서 외쳤다.

그리고 곧장 쓰레기장으로 들어갔다. 심지어 큰 플라스틱 통 위로 기어 올라갔다.

"높은 곳이 더 나아." 오빠가 말했다.

후텁지근하게 덥고 냄새도 고약했다.

"접속 장소로는 딱 좋네!" 내가 말했다.

오빠는 더는 내 말을 듣지 않고, 스마트폰을 미친 듯이 눌러 댔다.

"와, 대박! 프티딩고한테서 문자가 왔는데, 우리 팀이 순위에 올랐대! 슛 뎀 업 싱글 플레이! 데스매치였네!"

얼핏 보면, 우리 오빠가 악의 구렁텅이에 빠져 있는 것처럼 보일 수 있다. 그러나 오빠가 내뱉은 말은 게이머들이 쓰는 말에 불과하다. 나는 오빠의 말을 알아들은 척하면서 조심스레 말했다.

"오빠, 나도 좀 연결시켜 줘……."

성큼성큼 다가오는 발걸음 소리에 나는 말을 끝맺지 못했다. 우리 둘은 쓰레기장 뒤에서 들키지 않게 납작하며 앉았다. 카퓌신 아줌마가 쓰레기 봉지를 들고서 조금 전에 도착한 10대 여자애와 같이 왔다.

"빨리 오고 싶었어요. 1년 내내 이곳 생각뿐이었어요!" 여자애가 말했다.

"작년에 처음 이곳에 왔을 때 기억하니? 그때는 이렇지 않았지. 우리가 봤던 너는……."

두 사람은 다시 성큼성큼 멀어져 가 우리는 뒤에 이어진 대화를 듣지 못했다. 오빠는 씩씩거리면서 일어섰다.

"접속하려면 땅바닥까지 엎드려야 하다니, 진짜 짜증 나는 곳이야!" 오빠는 반바지에 묻은 흙을 털어 내며 투덜거렸다.

게스트 하우스에서 우리를 찾는 부모님의 소리가 들려왔다. 우리는 잽싸게 돌아갔다. 하지만 부모님이 우리를 위해 오전 활동을 계획했다는 사실에 경악했다. 부모님은 인터넷을 금지한 것으로도 모자라 우리의 시간까지 장악하려는 듯했다.

"엄마와 아빠가 아주 멋진 생각을 했어. 너희와 함께 시간을 보내고 싶어서 말이야." 아빠가 말했다.

오빠가 한쪽 눈썹을 치켰다.

"저 아래 강에 가서 배를 타 볼 거야. 셰스강에 가자." 아빠가 정확하게 설명을 했다.

"그러면 경주도 해요! 형과 누나랑 엘리즈 누나가 한편을 먹고, 엄마 아빠와 내가 한편을 해요." 루시앙이 들떠서 외쳤다.

"엘리즈가 누구야?" 내가 물었다.

내 질문에 대한 답이 곧바로 튀어나오자, 오빠는 숨이 막힐 뻔했다. 분명히 우리 부모님도 그 여자애를 안다는 얘기다.

"안녕, 내가 엘리즈야!" 그 여자애가 우리 쪽으로 오더니 말했다.

"나는 정글에 살아. 이제 곧 악어와 싸울 거야"라고 말할 것 같은 아주 우스꽝스러운 옷차림을 했다.

우리는 서로 자기소개를 했다. 하지만 양쪽 모두 영혼이 없었다.

우리는 배에 탔고, 오빠가 성의 없이 노를 쥐었다.

"서둘러! 저기는 벌써 2미터나 앞섰어!" 엘리즈 언니는 제법 큰 피그미 족*에게 쫓기는 것처럼 열심히 노를 젓는 아빠의 배를 가리키며 말했다.

"시시해! 딱 유치원 수준의 〈태양의 제국〉을 하는 것 같네." 오빠가 시큰둥하게 말했다.

엘리즈 언니는 이해하지 못하고, 오빠를 쳐다봤다. 〈태양의 제국〉은

---

* 중앙아프리카에 사는, 키가 작은 부족이다.—옮긴이

오빠가 작년에 한참 빠졌던, 고속 모터보트를 타고 벌이는 메가톤급으로 난폭한 경주 게임이다. 엘리즈 언니는 그 게임을 모르는 것 같았다.

루시앙이 배에서 우리를 놀려 대자, 나는 열이 받아 직접 노를 저으려고 일어나서 오빠의 손에서 노를 빼앗으려고 했다. 하지만 미끄덩하는 바람에 넘어지지 않으려고 오빠의 소매를 필사적으로 붙들려고 했으나 물에 빠지고 말았다. 난 몇 가지 정보를 확인했다.

- 셰스강은 여름이라도 엄청나게 차다는 것(최고 3도밖에 안 된다).
- 오빠는 누군가 죽을 위험에 처했을 때, 구할 줄 모른다는 것.
- 그리고 경주는 우리 부모님이 이겼다는 것.
- 얼음물: 1점 / 에밀리: 0점

나는 물에 빠진 후유증으로 몹시 아팠다. 그래도 침대에서 이렇게 몇 줄 적고 있다. 열이 나는 것 같다. 오빠는 내가 늪지대 병에 걸린 게 틀림없다고 했다.

"넌 크뢰즈주의 모기에게 물린 거야. 이곳에서 악명이 높다고 하던데. 넌 페스트나 콜레라에 걸릴지도 몰라. 네 회고록을 잘 적어 둬. 얼마 살지 못해도 죽기 전에 증언을 남길 시간은 있어서 다행이야." 오빠가 날 보러 와서 말했다.

내가 얼굴을 찌푸리자, 오빠는 날 안심시키려고 말을 바꿨다.

"진정해, 릴리. 네가 오늘 밤을 잘 넘기면, 내일 내 천재적인 머리에서 나온 기막힌 계획을 알려 줄게."

오빠는 단추로 채운 반바지 주머니를 보여 주며 속삭였다.

"다행히 넌 내 스마트폰을 젖지 않게 했어. 그래서 아까 내가 널 물에 빠지게 내버려 둔 거야. 스마트폰은 젖으면 안 되니까. 난 아빠가 서랍에 깜빡 잊고 두고 온 낡은 태블릿도 집에서 챙겨 왔지. 봐, 릴리, 나는 어려운 상황에서도 이렇게 침착해."

그때 엄마가 들어와서 나 혼자 푹 자도록 오빠를 나가게 했다.

아프니까 좋은 점이 딱 하나 있다. 내 침대 옆자리가 비었다. 엘리즈 언니가 딴 방으로 옮긴 것이다.

"걱정 마, 우리 딸. 아침에 강에 빠져서 감기에 걸린 걸 거야. 그러니까 금방 날 거야. 넌 늘 온도 차이에 민감하잖니." 엄마가 따뜻한 우유를 건네면서 날 다독였다.

나는 폭신한 이불 속에서 안도의 숨을 내쉬었다. 엄마가 날 '우리 딸'이라고 불러 준 게 몇 년 만인지 모른다. 또 내 머리맡에 앉아서 머리를 쓰다듬어 준 것도 다섯 살 이후로 처음이다.

아무튼 오늘 난 죽을 뻔했다. 인터넷 없는 첫 24시간은 인상적인 자취를 남겼다. 만약에 크뢰즈주의 모기가 내일까지 날 살려 준다면, 좀 더 평온한 일상으로 돌아가기를 기대해 본다. 당연히 되도록 인터넷을 쓰면서 말이다.

나는 벌써 요정 아줌마와 아저씨에 대해 페이스북에 글을 올리는 나를 상상했다. 그리고 테아나가 자크 오빠와 페이스북으로 어떤 내용의 메시지를 주고받는지 궁금해 죽겠다. 쥘리에트도 방돌 사진을 올렸을 텐데, 보고 싶기도 하지만, 샘이 나서 더 열이 오르는 것 같다!

정말이지 이 보라색 벽은 마음을 가라앉히는 데 아무런 도움이 안
된다.

사람 살려!

늪지대 병에서 살아남기를 애타게 바라는 에밀리

7월 9일 밤 11시
에밀리 라미에 일기, 셋째 날

우선 난 여전히 살아 있다는 사실부터 분명히 말해야겠다. 오늘 아침에 일어났을 때, 언제 아팠냐는 듯이 팔팔했다.

오빠는 기분이 언짢아 보였다. 평소처럼.

"부모님은 어디에 계셔?" 나는 크루아상을 한입 크게 베어 물면서 물었다.

"명상하러 구루*한테 가셨겠지. 더 나쁜 소식은 부모님이 또 시작하셨다는 거야."

내가 알아듣지 못하고 오빠를 쳐다보자, 오빠가 설명했다.

"부모님이 우리를 메가톤급으로 곰팡이 슨 수업에 등록시켰어. 하루에 한 가지씩 꼭 시키시려나 봐. 난 기필코 여기서 도망치고 말 거야!"

오빠 말에 나는 화이트보드를 확인하러 나갔다. 우리 가족 이름은 같은 칸에 적혀 있었다. '디지털 관리. 왜? 어떻게? 이렇게? 두근두근'

"오빠, 역할 놀이를 할 것 같지 않아?" 내가 웃으면서 물었다.

오빠가 입술을 비죽였다.

"몰라. 내 알 바 아니야! 난 역할 놀이는 진짜로 할 거야. 길 끝에 와

---

* 힌두교나 시크교의 스승이나 지도자를 가리키는 말.―옮긴이

이파이가 좀 잡혀. 난 그곳에 난공불락의 요새를 만들어 놓고, 3G에 연결해 볼 거야. 주변의 와이파이를 잘 잡으면 접속이 될 거야. 장담하는데, 앞으로 넌 날 자주 못 볼 거야."

난 오빠만 없으면, 우리는 진짜 바캉스를 보낼 것이라고 말하려는 순간에 루시앙이 부엌에 들이닥쳤다.

"오후에 아빠랑 알프레드 아저씨랑 텐트 치는 법을 배울 거야." 루시앙은 신이 난 얼굴로 내 옆에 앉으면서 말했다.

"대박! 인디언들이 오면, 나한테 알려 줘. 개인적으로 도움을 청하고 싶으니까. 특별히 머리 가죽 벗기기에 관해서 말이야." 오빠가 짓궂게 말했다. 룰루는 어깨를 으쓱였다. 이번에는 엘리즈 언니가 부엌에 들어왔다.

"아침에 셰스강에서 찬물로 목욕했더니 잠이 확 깨!"

그 말에 우리는 모두 입이 헤 벌어져서 엘리즈 언니를 똑바로 쳐다봤다. 엘리즈 언니의 머리에서는 아직도 물방울이 똑똑 떨어졌다. 옷차림만 봐도 의심의 여지가 없었다. 차가운 강물에 들어갔다 온 게 틀림없었다.

"혹시 관심 있으면 말해. 우리 부모님이 강에 사는 동식물을 관찰할 수 있게 스노컬링 장비를 가져오셨어."

엘리즈 언니는 나가면서 사과 하나를 톡 집어서 방으로 돌아갔다.

"저 언니는 감기에 안 걸리는 게 당연해. 우리와 다른 별 사람이잖아. 물속에서도 다른 감각일 거야." 내가 말했다.

"여기는 황당한 곳이야! 부모님이 명상 구름에서 내려오시면, 난 마을에 일이 있어서 나갔다고 해 줘. 디지털 관리 수업은 거절한다고 말이야." 오빠가 발딱 일어서서 말했다.

"무슨 일이 있는데?" 나는 바보같이 물었다.

"나도 몰라! 도서관에 등록하거나 유기농 야채를 사거나, 내면의 평화를 찾으러 갔다고 둘러대. 네가 알아서 말해." 오빠가 투덜거렸다.

루시앙은 오빠의 말을 하나도 놓치지 않았다.

"형은 인터넷에 접속해서 〈더웨워〉 게임을 하려고 나가는 거지?" 루시앙이 심각한 표정으로 물었다.

"소인국 사람 룰루, 너 한 번만 더 그런 소리 지껄이면 지구 밖으로 날려 보낼 줄 알아. 알겠어? 그리고 내 게임은 〈더 웨이 투 워〉야. 영어나 똑바로 배워!" 오빠가 을러댔다.

루시앙은 수많은 알레르기에 민감한 반응을 일으키지만, 오빠의 엄포에는 이제껏 눈 한 번 깜빡하지 않았다.

"형은 스마트폰이 없으면, 이틀도 못 버티지? 아빠는 버텼는데!" 루시앙이 맞받아쳤다. 오빠는 대꾸하지 않고 부엌을 나가 버렸다.

나는 동생과 한편인 것처럼 동생을 한 번 쳐다봤다가 시선을 위로 향했다. 사실은 곧바로 오빠의 뒤를 쫓아가 예전과 같은 자유를 되찾고 싶었다. 인터넷 없는 세 번째 날이 시작되었다. 바삭한 크루아상을 맛있게 먹으면서 하루를 시작했지만, 오늘도 소름 끼치게 길 것 같았다.

"너도 네가 좋아하는 게임기 하고 싶지 않아? 텔레비전도 안 보고 싶어?" 나를 맥 빠지게 하는 미소를 짓고 있는 루시앙에게 물었다.

"조금. 특히 아무것도 할 게 없을 때. 그런데 여기는 심심할 틈이 없어."

그때 부모님이 들어왔고, 오빠도 따라 들어왔다. 오빠는 사라질 틈이 없었다. 아빠한테 '현장에서 붙들려서' 말이다. 오빠의 뿌루퉁한 표정이 참 볼 만했다.

"첫 주 수업을 시작해 볼까요?" 카퓌신 아줌마가 부엌에 고개를 내밀면서 물었다. 아줌마는 평소처럼 유쾌하고 활달했다. 우리는 아줌마를 따라 줄줄이 '릴렉스'라고 불리는 방에 들어갔다. 우리는 엘리즈 언니와 그 언니의 부모님도 그 방에 있는 걸 보고는 게스트 하우스에 있는 모든 손님이 그 수업에 참여한다는 사실을 알았다.

"세 그룹으로 나눠 볼게요. 첫 번째 그룹은 인터넷이 몹시 하고 싶어서 인터넷을 못 한 48시간 동안 힘들었던 사람들, 두 번째 그룹은 고비는 넘겼지만, 여전히 불편한 사람들, 세 번째 그룹은 현재 전혀 힘들지 않는 사람들이 모이면 돼요." 요정 아줌마가 말했다.

엘리즈 언니의 가족은 1초도 망설이지 않고 세 번째 그룹으로 갔다. 오빠는 첫 번째 그룹으로 발을 질질 끌면서 갔다. 카퓌신 아줌마는 미소를 지으며 다음 순서를 기다렸다. 우리 부모님은 주저하는 듯했다.

결국 오빠를 제외한 우리 가족은 두 번째 그룹에 갔다. 나도 부모님과 동생과 같은 선택이었다. 오빠는 내 결정에 "거짓말쟁이"라고 낮은 목소리로 비난했다.

"좋아요! 그러면 세 번째 그룹 사람들은 어떻게 인터넷을 강제적으로 끊고도 잘 지낼 수 있었는지 얘기해 주세요. 분명히 비판과 의심이 있을 수 있기 때문에 토론을 해 보려고 해요. 이것이 대화의 힘이고, 그래서 우리가 이 자리에 모인 거예요. 이번 토론은 테라스에서 알프레드와 함께하는 역할 놀이로 마무리될 거예요. 대개 참여자들이 무척 좋아하며 다시 하고 싶다고 요청해요." 카퓌신 아줌마가 말했다.

나는 오빠가 문까지 거리를 눈어림하는 것을 봤다.

"그러면 어른들부터 시작해 보지요. '인터넷'이란 말을 들으면, 어떤 단어가 먼저 떠오르나요?

"'구속', '얽매임', '자기반성' 등이요. 우리 가족은 이곳에서 그동안 잊고 있던 자기 자신의 크기를 재발견하는 법을 배웠어요. 다시 사색에 빠질 수 있다는 사실도 새삼 깨달았지요." 엘리즈 언니의 아버지가 확신에 찬 표정으로 대답했다.

"자제력도 되찾았어요. 본질적으로 다시 살아났어요. 우리는 아침에 찬물로 몸을 씻으며 하루를 시작해요. 그러면 우리를 기다리는 하루의 좋은 기운을 모두 받을 준비가 돼요." 엘리즈 언니의 엄마가 덧붙여 말했다.

우리 부모님은 행복한 표정으로 들었다.

"저희가 이곳에 온 이유가 바로 그것 때문이에요. 우리도 새로운 뿌리를 찾고 싶어요." 엄마가 환하게 미소를 지으며 말했다.

"그러면 뭐 우리가 식물이란 말이에요?" 오빠는 다 들리게 퉁 쏘아붙였다.

"이번에는 청소년들이 말해 볼까?" 알프레드 아저씨가 우리를 돌아보며 말했다.

엘리즈 언니가 먼저 말했다.

"저 같은 경우에는 작년에 금단 현상을 넘긴 후에 일정 기간 동안 인터넷 없이 사는 건 제게 손해가 아닌 이득이란 사실을 깨달을 수 있었어요. 인터넷을 끊는 것은 저 자신과 마주하는 것이에요. 몇몇 친구들에게는 고통스러울 거예요. 특히 내면세계가 텅 비었을 경우에는요."

엘리즈 언니는 이 말을 할 때 우리 오빠를 똑바로 쳐다봤다.

"그 친구들이 진짜로 견디기 힘든 건 바로 자기 또래의 여자애가 할머니처럼 퍼붓는 잔소리를 어쩔 수 없이 들어야 하는 거야. 꼭 올해 은퇴하신 우리 프랑스어 선생님한테 한 소리 듣는 것 같아. '저 같은 경우에는' 양과 여기 계신 모든 분들, 안녕히 계세요." 오빠는 콧구멍에서 뜨거운 김을 내뿜으며 말했다.

오빠는 내내 벗지 않았던 캡 모자를 들어 올리며 밖으로 나갔다.

오빠가 골을 내고 나가면서 분위기가 좀 달라졌다. 모두 동시에 말하기 시작했기 때문이다. 우리 부모님은 '사춘기가 오래간다'고 민망해했고, 엘리즈 언니의 부모님은 동정하는 표정으로 고개를 끄덕였다. 카퓌신 아줌마는 시끄럽게 떠드는 학생들을 조용히 시키기 위해서 초등학교 선생님처럼 박수를 쳤다.

"앙브루아즈가 좀 예민하네요. 그 나이가 그렇지요. 엘리즈는 이해할 수 있지?"

'저 같은 경우에는' 양은 조용히 수긍했다. 난 이상하게 엘리즈 언니가 불편하게 느껴졌다. 게다가 내가 희생자가 아닌 범죄자 명부에 적혀 있는 것 같은 기분이 들었다.

우리는 어수선한 분위기를 바로잡기 위해 곧바로 다음 활동으로 넘어갔다. 하지만 역할 놀이는 완전히 실패로 끝이 났다. 루시앙은 '자녀들에게 인터넷을 못 하게 하는' 부모의 역할을 맡아야 하자, 아주 솔직하게 말했다.

"우리 아빠와 엄마는 막지 않아요. 왜냐하면 만날 인터넷을 하니까요!"

이번에는 우리 부모님이 거북해 보였다. 그래서 알프레드 아저씨는 부모님에게 '초접속하는 10대' 역할을 맡겼다. 그러자 엄마는 10대 역을 맡기에는 나이가 많다며 쓴웃음을 지었다. 엄마는 사람들이 엄마의 나이를 언급할 때 확실히 예민해진다.

결국 역할 놀이는 오래가지 못했다.

카퓌신 아줌마는 미소를 잃지 않았다. (내가 볼 때 아줌마는 잠잘 때도 미소를 지을 것 같다.)

"이 디지털 디톡스 치료법의 매력이 이것이에요. 완전히 비정형적인 가족을 만나는 거예요." 아줌마가 말했다.

나는 그 말이 칭찬인 건지 아리송했다.

우리 부모님은 요가 수업을 끝냈을 때보다는 덜 편안해 보였다.

나는 딱 한 가지 바람밖에 없었다. 이곳을 도망쳐 나가 기차를 타고 집으로 돌아가는 것이다. 난 여기서 따분하기 짝이 없는 디지털 관리 수업을 받는 동안, 세상 사람들은 인터넷상에 재미난 정보를 올릴 텐데. 진짜 삶은 내가 없어도 계속 돌아가고 있다. 혹시 샘 오빠가 내게 페이스북에서 메시지를 보내지 않았을까?

나는 오빠를 찾으러 나갔다. 오빠가 기필코 인터넷 접속을 하겠다고 했으니까. 나를 온라인 세상과 연결해 줄 유일한 희망이다.

나는 게스트 하우스 가장자리에 있는 정원을 한참 돌아다녔다. 덤불에 들어갔다가 나뭇가지로 엮은 조그만 오두막을 발견하고는 우뚝 멈춰 섰다. 안을 흘낏 들여다봤다. 그리고 단번에 알아챘다. 오빠가 말한 대로 난공불락의 요새를 만든 것이다. 오두막 안에는 오빠가 좋아하는 초코바와 두툼한 스웨터가 있었다.

나는 뒤를 돌다가 오빠와 마주쳤다.

"여기서 지낼 참이야?" 나는 오두막을 가리키며 물었다.

"오두막은 내가 오기 전부터 이미 있던 거야. 상태가 좋지 않지만, 이곳이 첫 단계야. 그다음은 바로 근처에 있는 와이파이를 잡아서 조용하게 인터넷을 즐기는 거지. 근데 와이파이가 잡히기는 하는데 불안정해. 그래도 혼자 배틀에 참여할 생각이야."

그래서 난 오빠의 오두막에 잠시 머물렀다. 하지만 내 차례는 오래 기다려야 했다. 오빠는 물에 빠져 구멍 튜브에 매달린 사람처럼 스마트폰에서 떨어질 줄 몰랐다. 오빠한테 '나누기'의 개념은 모호했다. 아빠의 낡은 태블릿은 여전히 오빠 방에 숨겨져 있었다.

마침내 오빠가 스마트폰을 빌려줘서 내 페이스북 메시지를 확인할 수 있었다. 하지만 대실망! 특별한 메시지는 하나도 없었다. 쥘리에트는 사진 두 장을 올렸다. 주디트는 심심해하고, 코랄리도 조용하고, 테아나는 중 3 오빠들로부터 아무런 소식을 얻지 못했다.

나는 오늘의 내 기분을 적어서 다시 '좋아요'를 받고 싶었다. 하지만 그럴 틈은 주어지지 않았다.

갑자기 접속이 끊겨서 오빠가 짐승처럼 울부짖었다.

"릴리, 내가 경고하는데, 앞으로 내 스마트폰 쓸 생각 하지 마! 꼭 바위에 붙은 조개껍데기처럼 내 옆에 딱 달라붙어 있는데, 내가 어떻게 '데스 매치' 연습을 할 수 있겠어?"

"그러면 아빠 태블릿을 나한테 넘겨주면 되잖아! 구두쇠처럼 다 갖고 있지 말고. 나도 인터넷에서 내 삶이 있어." 나는 오빠보다 더 크게 소리 질렀다. 오빠는 정말로 내가 조개껍데기라도 되는 듯이 쳐다봤다.

나는 홱 뒤돌아서 게스트 하우스로 돌아갔다. 게스트 하우스에서 엘리즈 언니와 마주쳤는데, 언니는 테라스에 누워서 책을 읽고 있었다.

"무슨 일이야? 기분이 안 좋아 보이네." 언니가 근심 어린 표정으로 물었다.

"우리 집 남자 때문이야. 셰스강 보트에 묶어 버려서 영영 멀리 보내 버리고 싶어!" 나는 투덜댔다.

"남자? 네 오빠를 말하는 거니? 네 오빠라면 다행이야. 난 네 남동생이 좋거든. 진짜 귀여워. 조금 전에 둘이서 보드 게임을 했어."

그 말에 나는 질투 같은 걸 좀 느꼈다. 내 동생인데. 남에게 빼앗길 수 없다! 그래서 난 내 동생 룰루를 찾아 같이 탁구를 쳤다. 메가톤급으로 오래 쳤다.

오늘 저녁, 나는 룰루에게 '세상에서 가장 좋은 누나'였다. 인터넷만 연결되면, 페이스북에 동생의 말을 올렸을 텐데.

지금은 그저 스프링 공책에 적는 수밖에 없다. 그렇지만 내 이야기를 사랑하는 친구들에게 나눌 생각은 조금도 포기하지 않았다.

나도 작전을 짜야겠다. 왜 오빠 혼자 이웃집 와이파이를 독점하는지 모르겠다. 오늘 밤은 그만 써야겠다. 손이 너무 아프다. 글을 쓰는 게 이렇게 피곤한 건지 몰랐다.

오늘은 20분 동안 접속했고,
내일은 좀 더 할 수 있기를 바라는 에밀리

7월 11일 오전 9시,
에밀리 라미에 일기, 다섯째 날

이 스프링 공책에 글을 못 쓴 지 이틀이나 지났다.

인터넷 접속에 관해서는 불행히도 딱히 나아진 게 없다. 오히려 점점 더 접속이 잘 안 되는 것 같았다. 하지만 반대로 크게 웃을 일이 있었다.

사실 모든 건 루시앙 때문이었다. 우리가 이 게스트 하우스에 도착한 이래 루시앙은 한시도 가만히 있지 못했다. 난 분석을 잘하지는 못하지만, 내 동생의 경우에는 확실하다. 동생은 스크린을 봐야 좀 얌전해진다. 게임기가 없거나 텔레비전을 보지 못하면, 좀이 쑤셔서 엉덩이를 들썩거린다.

"나한테 아주 좋은 생각이 나서 아빠와 엄마에게 알렸어. 그건 우리 셋이서 할 거야. 좋겠지?" 그저께 동생이 아침을 먹다 말고 말했다.

"뭐, 뭐 하려고?" 나는 경계하며 물었다.

"캠핑." 남동생은 의기양양하게 말했다.

"꿈 깨!" 오빠가 아주 차분하게 대꾸했다.

"하지만 아빠가……."

"아빠한테 데려가 달라고 해. 그게 훨씬 나을 거야." 난 루시앙에게 넌지시 권했다.

"엄마한테도 말해 봐. 이틀이나 사흘 정도 다녀와. 괜찮으면 일주일 내내 있다 와도 돼." 오빠가 이죽거렸다.

오빠는 벌써 부모님이 없는 동안에 난공불락의 요새에서 접속하고 있을 자신을 상상했다. 입씨름은 거기서 멈췄다.

하지만 남동생의 끈기는 예상 밖으로 끈질겼다. 두 시간 후, 우리 셋은 정원에서 텐트 치는 연습을 했다.

아빠, 엄마, 카퓌신 아줌마와 알프레드 아저씨가 우리를 도와주려고 옆에서 지켜봤다. 엘리즈 언니가 우리에게 왔을 때, 나는 오빠가 어찌나 짜증을 내는지 텐트 말뚝을 자기 발에 박는 줄 알았다. 게다가 텐트를 세우려고 할 때마다 텐트 천이 오빠 코 위로 떨어졌다.

나는 웃음이 깔깔 터져 나와 멈추지를 못했다. 캠핑은 한 번도 가 본 적이 없어서 좀 재밌을 것 같기는 했다.

"굿! 자연에서 어떻게 보낼지 계획은 짰니? 화이트보드에는 적혀 있지 않아서 말이야." 엘리즈 언니가 우리에게 물었다.

카퓌신 아줌마가 말했다.

"루시앙은 형과 누나와 함께 셰스강에서 캠핑하고 싶다고 하는데, 바캉스의 추억을 남기려면 숲에서 모닥불놀이를 하는 게 낫지 않을까?"

"모닥불놀이를 해도 돼요?" 루시앙이 흥분해서 외쳤다.

오빠가 어찌나 세게 한숨을 내쉬는지 내 얼굴에 침이 튀었다.

"너 같은 어린애한테 숲에서 불을 피우게 하겠니? 네가 인디언이라도 되는 줄 알아? 얼토당토않은 소리 좀 그만해!" 오빠가 핀잔했다.

"왜 안 돼? 캠핑을 가는 건 아주 좋은 생각인 것 같아. 루시앙. 나도 도움이 된다면 같이 가고 싶어." 엘리즈 언니가 거들었다.

"엘리즈까지 함께 가면 좋지. 넷이서 가 봐라." 알프레드 아저씨가 반기며 말했다. 나는 우리 오빠가 그 말을 듣고 그만 기절하는 줄 알았다.

"그래, 넷이면 더 좋지. 원래 다음 주에 너희를 위해 자연 활동을 나가려고 했는데, 날짜는 얼마든지 바꿀 수 있어. 밤에 야영을 떠나는 것도 괜찮아." 요정 아줌마가 쪽머리를 경쾌하게 흔들면서 말했다.

나는 밤에 캠핑을 떠나도 상관없었다.

그러면 인터넷에 집착하는 마음을 떨쳐 낼 수 있지 않을까 하는 생각이 들었다. 오빠는 부모님과 협상을 하려고 했지만, 헛수고였다. 부모님은 자녀 없이 오붓하게 밤을 보내기를 '원했다'. 하지만 막상 우리가 떠나려고 하자, 엄마가 갑자기 불안해했다.

"여보, 애들을 스마트폰 없이 보낼 수는 없어. 무슨 일이라도 생기면 어떡해?" 엄마가 근심스러운 표정으로 말했다.

오빠와 나는 내심 기대하는 눈빛을 서로 주고받았다. 아빠가 난처한 표정을 지으며 고개를 끄덕였다.

"걱정 마세요. 제가 만반의 준비를 해 놓았어요. 야간 순찰을 돌 생각이에요. 제가 잠이 별로 없거든요. 그리고 애들이 캠핑할 장소는 여기서 도보로 15분밖에 걸리지 않아요."

알프레드 아저씨의 말에 엄마는 미소를 되찾고, 반대로 오빠와 나의 얼굴은 팍 구겨졌다.

아빠는 우리에게 잘 다녀오면 내일 '끝내주는 서프라이즈'를 해 주겠다고 약속했다. 어른들은 떠나는 우리에게 크게 손을 흔들었다. 우리는 짐이 많았다. 가방에 음료수, 샌드위치, 과일 4인분과 텐트 두 개, 침낭, 매트를 셋이서 나눠 져야 했기 때문이다. 하나같이 뺄 수 없는 중요한 짐이었다. 룰루만 짐이 별로 없었다. 룰루 가방엔 갈아입을 티셔츠와 구급상자와 손전등만 넣었기 때문이다.

우리 여행 코스는 간단했다. 알프레드 아저씨가 지도를 보여 주면서 곧장 1킬로미터 정도를 걸어가면 숲속 빈터가 나온다고 알려 줬다.

하지만 쉽다고 모두가 방심하는 순간에 일은 복잡하게 꼬여 버린다.

우선 우리는 강을 건널 수 있는 다리를 찾지 못했다. 한 시간쯤 걷자, 무성한 덤불에 도착했다. 덤불의 높이는 20센티미터밖에 되지 않아서 텐트 치기는 훨씬 편했다. 루시앙은 안달이 나서 3분마다 "아직 멀었어? 배고파. 뭐 먹을 거야?"라고 질문을 던지면서 우리를 귀찮게 했다.

엘리즈 언니도 루시앙을 더는 '귀엽게' 보지 않는 듯했다.

"자, 여기로 정하자." 동생이 배고프다는 노래를 스무 번쯤 불러 대자, 지친 엘리즈 언니가 한숨을 쉬며 말했다.

나는 안도의 숨을 내쉬며 땅에 배낭을 내려 놓았다.

"이 나무를 다 베란 소리는 아니지? 난 나무꾼이 아니야!" 오빠는 우리 주변에 10여 그루의 나무를 가리키며 말했다.

"걱정 마. 다 수가 있어. 나무줄기를 이용해서 텐트를 걸면 돼."

"좋은 생각이야. 난 찬성! 하지만 알프레드 아저씨가 순찰하다가 우리를 발견하지 못하면 어떡해?"

"잘됐네. 우리를 찾으려면 발에 땀 좀 나시겠네!" 오빠가 심술궂게 말했다.

"나 배고파!" 루시앙이 칭얼댔다.

오빠와 언니와 나는 동시에 루시앙을 쳐다봤다. 사랑만 빼고 모든 감정을 다 넣은 눈빛으로 말이다. 그러자 루시앙은 얼른 고개를 숙여 자기 배낭에서 먹을 것을 찾았다.

텐트를 치는 건 정말로 고역이었다.

"스마트폰이 있었으면 적어도 물어볼 수는 있잖아!" 오빠는 텐트 때문에 짜증이 나 볼멘소리를 내뱉었다.

마침내 평평하지 않은 바닥에 안내서도 없이 우리의 텐트가 완성되었다. 그러나 이제껏 보아 온 어떤 캠핑 텐트와도 닮지 않았다. 그저 숲에 설치한 것만 빼고는. 남자용 텐트는 조금이라도 바람이 불면 날아갈 듯했고, 여자용 텐트는 멀리서 보면 기린과 낙타를 섞어 놓은 것처럼 보였다.

저녁 식사는 5분 만에 끝났다. 식사를 마친 우리는 모두 시간을 확인하기 위해 시계를 보다가 취침까지 시간이 한참 남았다는 사실에 기겁했다.

"아주 좋은 수가 있어. 넷이서 재미난 게임을 하는 거야!" 루시앙이 제안했다.

"그래, 재밌겠네! 그런데 재미난 게임을 가져오는 것을 깜빡했지 뭐야. 어떡하니?" 오빠가 룰루의 목소리를 흉내 내며 대답했다.

"짜잔, 서프라이즈!" 동생은 배낭에서 미니 스크래블을 꺼내면서 외쳤다.

우리는 모두 평화를 원했기 때문에 동생과 잠시 놀아 주기로 했다. 하지만 승부는 금방 났다. 오빠는 알파벳 조각 여덟 개로 단숨에 단어를 완성했다. 철자 조각은 일곱 개밖에 가질 수 없는데 말이다. 엘리즈 언니는 오빠가 속임수를 썼으니 다시 해야 한다고 주장했다.

"이 캠핑장에는 배려라고는 눈곱만큼도 없어. '저 같은 경우에는' 양의 엄격함에 이의를 제기해." 오빠는 엘리즈 언니의 말투를 흉내 내며 비꼬았다.

루시앙이 열이 좀 난다고 말했다. 나는 철자를 맞추는 데 골몰해서 동생에게 조끼를 벗어 보라고 건성으로 말했다. 나는 가로와 세로가 만나는 칸에 알파벳 조각을 넣어서 'réseau*'를 완성했다.

"너 일부러 그런 거지? 아니야? 우리 모두 조각이 부족하다는 걸 알잖아!" 오빠가 발끈했다.

"남 말 하시네! 이 가로, 세로, 대각선이 만나는 칸을 채우면, 'huchet**'가 돼." 자신의 차례가 된 엘리즈 언니가 말했다.

"넌 우리 행성에서 쓰는 단어를 좀 써! 보시다시피 이 캠핑장에는 대부분이 지구인이야!" 오빠가 빈정거렸다.

---

* 프랑스어로 '네트워크'라는 뜻이다.—옮긴이
** 프랑스어로, '작은 사냥 피리'라는 뜻이다.—옮긴이

엘리즈 언니는 어이가 없다는 듯이 눈을 들어 하늘을 쳐다보면서 'huchet'가 '작은 사냥 피리'라는 뜻을 모르는 사람은 우리뿐이라고 말했다. 루시앙은 얼굴이 점점 벌게져서 자신의 차례를 초조하게 기다렸다.

"나도 맞추고 싶어." 루시앙은 몸을 긁으면서 내게 속삭였다.

루시앙은 'anpoule*'라고 자신 있게 알파벳을 나열해 우리는 'p' 앞에 'n'이 아니라 'm'이 온다고 설명해 줘야 했다.

"아니야. 우리 선생님은 그렇게 말하지 않았어." 루시앙이 우겼다.

"애가 너무 빨개! 이게 정상이야?" 엘리즈 언니가 눈썹을 찡그리며 우리에게 물었다.

순간 조용해졌다. 오빠와 나는 동생을 뚫어지게 쳐다봤다.

그제야 동생이 퉁퉁 붓고 있다는 사실을 알아챘다.

"두드러기야! 약을 먹여야 해." 나는 얼이 빠져서 말했다.

"구급상자! 루시앙한테 있잖아!" 오빠는 벌써 일어서서 말했다.

우리 둘은 일제히 동생 발아래 있는 배낭에 달려들었다.

배낭 안에 든 것을 바닥에 죄다 쏟았지만, 구급상자는 없었다!

"스크래블을 넣을 자리가 없어서 뺐어." 루시앙은 얼굴이 새빨개져서 우물거렸다.

"대체 왜 이렇게 붓는 거야?" 엘리즈 언니가 눈이 휘둥그레져서 물었다. 나도 도무지 이유를 알 수가 없어서 고개를 가로저었다. 그동안 오빠는 루시앙을 보따리처럼 붙들고 외쳤다.

---

* 프랑스어로, '전구'라는 뜻이다.— 옮긴이

"게스트 하우스로 옮기자!"

"너 혼자 루시앙을 한 시간 동안이나 옮길 수는 없어. 우리가 도울게." 엘리즈 언니가 소리쳤다.

우리 네 명은 스크래블을 어지러이 널어놓은 채 일어서서 출발했다. 오빠는 동생을 등에 업고 앞장서서 달렸다. 엘리즈 언니는 쉴 새 없이 소리쳤다.

"더 빨리이이! 더 빨리이이!"

몇 분 후, 우리는 숨을 헐떡이며 덤불에서 달려 내려왔다. 오빠는 성난 황소처럼 거칠게 숨을 몰아쉬었다.

"좀 쉬었다가 가면 안 될까? 더 큰일이 나기 전에……." 나는 걱정이 돼서 제안했다.

나는 말을 마치지 못했다. 오빠가 실신할까 봐 두려웠다. 그런데 그보다 더한 일이 일어났다. 힘껏 달리던 오빠가 외마디 비명을 지르며 룰루를 툭 떨어뜨리더니 땅바닥에 그대로 주저앉았다.

"아얏, 발목이 접질렸어어어!"

오빠는 소리치며 룰루가 빨개진 만큼 하얘졌다!

엘리즈 언니와 나는 서로 뚫어지게 쳐다봤다. 우리에게는 두 가지 선택이 있었다. 겁에 질리거나, 펑펑 울거나. 그때 룰루가 기어드는 목소리로 말했다.

"갑자기 나았어!"

우리는 세 번째 선택을 했다. 오빠가 우리에게 악다구니를 퍼붓는데도 우리는 터져 나오는 웃음을 참지 못했다.

오빠의 발목은 눈에 띄게 부어 있었다. 정말이었다. 루시앙은 이상하게도 여전히 붉었지만, 더는 몸을 긁적이지 않고 숨 쉬는 것도 덜 불편해 보였다.

"스마트폰만 있었으면 이런 일은 없었을 거야……." 오빠는 저세상 사람 같은 음산한 목소리로 말했다.

"또 그 얘기야? 정말 그러고 싶니?" 엘리즈 언니가 엄한 말투로 나무랐다. 오빠는 대꾸를 하려다가 입술을 비죽였다. 그리고 삔 발목을 움켜쥐며 끙끙 앓았다. 난 오랜만에 오빠가 불쌍해 보여 말했다.

"지금 오빠는 도움이 필요해. 두 조로 나눠야겠어. 난 빨리 룰루를 게스트 하우스에 데려가서 치료받게 하고, 구급대를 데리고 돌아올게."

"너 지금 나 보고 '저 같은 경우에는' 양과 단둘이 있으란 말이야? 허튼 소리 하지 마!" 오빠는 아파서 얼굴을 씰룩이며 내게 속삭였다.

"어쩔 수 없잖아. 오빠, 힘내!" 나는 오빠의 어깨를 툭툭 두드리고 루시앙의 손을 붙잡았다.

루시앙과 나는 방향 감각이 좀 떨어지지만, 그래도 우리는 15분도 지나지 않아 게스트 하우스에 도착했다.

우리의 등장은 공포의 바람을 일으켰다. 테라스에서 맛있는 저녁을 즐기며 편안히 쉬고 있던 부모님은 달려오는 우리를 보고는 펄쩍 뛰었다.

엄마는 룰루의 상태를 살피고, 아빠는 오빠를 찾아 떠났다.

요정 아줌마와 아저씨도 우리가 두고 온 캠핑 장비를 챙기러 떠났다.

게스트 하우스에 돌아온 지 한 시간이 지나자, 동생의 두드러기 증상은 말끔히 가라앉았다.

"일시적인 알레르기였어. 텐트를 습한 곳에 쳤구나. 루시앙은 곰팡이나 균류에 알레르기 반응을 일으켜." 엄마는 동생에게 항알레르기제를 먹이고 나서 말했다.

"덤불에 텐트를 쳤는데, 빛이 잘 들지는 않았어요. 제가 미리 생각했어야 했는데. 그래서 우리가 어두컴컴한 덤불에서 나오면서부터 룰루의 상태가 나아졌군요." 내가 말했다.

"형이 돌아오면, 스크래블 게임을 마저 끝낼까?" 루시앙은 테라스에 편안하게 누워서 철없이 말했다.

나는 내 다섯 친구들을 떠올리면서 길게 한숨을 내쉬었다. 이 에피소드를 얘기하고 싶은데. 이렇게 제목을 붙여서 말이다. '크뢰즈주에서의 캠핑은 마치 태국의 란타섬에 가는 것 같아. 하지만 훨씬 더 위험하지!' 정글 탐험을 한 것처럼 글을 올리면, 중 3 오빠들이 관심을 보일지도 모르는데…….

오빠는 밤 늦게 응급실에서 돌아왔다. 발목을 살짝 삐어서 발목 보호대를 찼다. 오빠는 자기를 쳐다보는 사람들이 없을 때는 다리를 살짝 절었다. 그만큼 통증이 극심했다.

오빠의 표정을 묘사하자면, 여러 쪽에 걸쳐 적어야 할 것이다. 실물을 보면, 우리 오빠는 잘 웃는 청소년이 아니다. 오늘 밤 오빠는 전쟁(게임이 아닌 진짜 전쟁)에 나가야 한다는 통지를 받은 남자와 같은 표정이었

다. 인터넷이 연결되는 난공불락의 요새에 가려면 며칠을 더 기다려야
한다는 사실을 깊이 깨달은 것이다.

　갑작스러운 사고에 충격을 받은 엘리즈 언니는 오빠 곁을 지키겠다고
했다. 오빠가 발목에 '통증'을 느낄 때마다 아픔을 덜도록 돕겠다고 말
이다. 거기서 난 또 픽 웃음이 터졌다.

앞으로 덤불로는 캠핑을 가지 않을 에밀리

내 페이스 북에는 새로운 알림이 없었다. 인터넷 연결이 안 되니까.

또 산 자들의 세상과 단절된 하루가 지났다.

나는 나 자신에게 질문하기 시작했다.

아주 심각하게.

여기서는 모든 것이 이상했다.

요정 아줌마와 아저씨, 숲속 캠핑만 이상한 게 아니라…… 우리 가족도 달라지기 시작했다.

난 이걸 걱정해야 하는 건지도 모르겠다.

내 이야기를 실감 나게 말하기 위해 배경 음악을 골라야 한다면, 좀 이상한 멜로디, 그러니까 공포 영화에서 나오는, 무서운 장면이 나오기도 전에 겁을 잔뜩 집어먹게 만드는 종류의 음악이 맞을 것이다.

오늘 아침에 나는 잠에서 깨자마자, 테라스에서 수상쩍은 낌새를 느꼈다. 부모님은 여전히 점심 식사를 하지 않았다. 누군가를 기다리는 듯했고, 운동복 차림이 아니었다. 나는 조심스럽게 다가갔다.

"잘 잤니? 우리 딸!" 엄마가 양팔을 활짝 펼치며 소리쳤다. 마치 내가 아침마다 엄마 품에 안기기라도 하는 것처럼 말이다.

"잘 잤니?" 아빠도 다정하게 말했다.

나는 어안이 벙벙해서 부모님을 멀뚱멀뚱 쳐다봤다. 원래 집에서 아침 기상은 전쟁을 방불케 한다. 아침부터 웃음 띤 얼굴로 인사를 하는 것은 정말이지 생뚱맞다.

"요가 수업에는 안 가세요?" 내가 물었다.

"응, 오늘 아침은 수업이 없어. 너희를 기다리는 중이었어. 아무래도 아빠가 네 오빠와 동생을 깨우러 가야겠다."

나는 눈이 휘둥그레졌다. 깊은 잠에 빠진 오빠를 깨우는 것은 특공대 작전에 속하기 때문이다. 게다가 '발목까지 삔' 오빠를 깨우는 건 미션 임파서블일 텐데.

그래도 아빠는 루시앙과 오빠를 깨워서 데려 나왔다. 루시앙은 환하게 웃으면서 깡충깡충 뛰어왔고, 오빠는 유난히 다리를 심하게 절면서 죽을상을 하고 나왔다.

"아, 다 모이셨네요! 보기 좋아요! 오늘은 좀 특별하게 보내실 거지요?" 카퓌신 아줌마가 부엌 창문에서 소리쳤다.

"트, 특별하게요? 어, 어떻게요?" 내가 불안해서 물었다.

"아주 특별하게. 서프라이즈가 있을 거라고 했잖아! 오늘이 바로 그날이야!" 엄마가 요정 아줌마처럼 활짝 웃으며 대답했다.

"이상하네! 화이트보드에는 아무것도 없었는데?" 오는 길에 오늘 일정을 이미 살펴본 루시앙이 말했다.

"여기에 와서 들은 말 중에 제일 좋은 소리네!" 오빠는 입에 음식물을 가득 넣고서 꿍얼거렸다.

"맞아, 룰루. 오늘은 별다른 활동을 할 필요가 없거든. 대신에 '너, 나, 우리, 서로 끈끈해지기' 하는 날이라고 이름을 붙였어." 엄마가 설명했다. 그 말에 놀란 오빠가 마시던 주스를 도로 내뱉었다.

"그게 무슨 소리예요?" 나는 웃음이 터져 나오는 것을 꾹 참으면서 물었다.

"알프레드 씨와 카퓌신 부인이 알려 줬어. 우리를 서로 갈라놓는 스크린을 전혀 보지 않고서 진짜 가족이 되어 보는 거야." 아빠가 설명했다.

"오롯이 우리 다섯이서 하루를 보내는 거지." 엄마가 덧붙여 말했다.

"좋아요! 그러면 우리 다섯 명만 같이 있는 거지요?" 오물오물 초콜릿 빵을 씹던 루시앙이 빵 쪼가리를 우리 얼굴에 튀기면서 소리쳤다.

부모님은 가족끼리 할 수 있는 활동을 이것저것 제안했다. 물놀이, 보드게임, 나무 위에 오두막 짓기, 책 읽기 등등. 루시앙은 마음에 드는 활동이 나올 때마다 폴짝폴짝 뛰며 좋아했다. 부모님이 제안하는 것을 다 한다면, 하루가 모자랄 텐데! 부모님도 룰루만큼이나 신이 나 보였다.

나는 머릿속에 딱 한 가지 생각밖에 없었다. 도망칠 비상구가 어디에 있지? 나만큼이나 하기 싫은 오빠가 입을 열었다.

"제가 얼마나 다쳤는지 아세요? 어제 루시앙을 구하려다가 하마터면 죽을 뻔했잖아요. 어제 공로에 대한 포상과 더불어 제가 심한 부상을 입은 걸 봐주셔서 '인터넷 제로' 계약은 좀 풀어 주시면 안 돼요?"

"안 돼. 우리는 끝까지 디지털 디톡스를 할 거야. 그건 변함없어! 네가 발목을 다쳤다고 해서 포기하지는 않을 거야. 넌 똑똑하고 세상을 구할 준비가 되어 있을 정도로 용감한 소년이야." 아빠가 대답했다.

"그러면 형 기분 풀리게 스크래블 한 판 어때?" 컨디션이 제일 좋은 룰루가 외쳤다. 내 목구멍을 간질이던 폭소가 오빠의 얼굴을 본 순간에 팡 터져 나왔다. 루시앙도 따라 웃었다. 웃음은 부모님에게까지 번졌다. '크게 다친' 오빠만 이맛살을 찌푸리며 우리를 뚫어지게 쳐다보고는 고개를 가로저었다.

"이번 여행은 내 인생 최악의 바캉스예요." 우리의 웃음이 잦아들자, 오빠가 차분하고 단호하게 말했다.

우리는 왜 웃긴 건지도 모른 채 또 한 번 미친 듯이 웃었다.

"아, 이렇게 웃어 본 적은 처음이네!" 잠시 후, 엄마가 눈물을 닦으면서 말했다.

"나도. 웃는 게 이렇게 좋은지도 잊고 있었어……. 여섯째 날도 시작이 좋아!" 아빠가 말했다.

아빠는 나와 오빠가 싫어하는 보드게임만 줄줄이 읊으면서 하자고 했다.

"저희는 이미 인터넷 없이 긴긴 하루를 보내고 있잖아요. 그러니까 지루한 보드게임 얘기는 하지도 마세요!" 나는 부모님께 우리의 생각이 맞다고 설득했다.

하지만 우리는 카드놀이를 가르쳐 주겠다는 아빠의 제안을 받아들이고 말았다. 루시앙이 처음부터 끝까지 자기 마음대로 하는 바람에 우리는 많이 웃었다. 부모님은 우리를 즐겁게 해 주려고 모든 판에서 져 줬다. 우리가 부모님과 내기를 했기 때문이다.

우리 셋은 구석에 가서 부모님에게 어떤 벌칙이 좋을지 의논했다.

"몹시 흥분되네. 아주 무시무시한 벌칙을 정하고 싶어. 엄마 아빠 때문에 곰팡이 슨 바캉스를 보내고 있잖아. 이제는 엄마 아빠 차례야!" 오빠가 말했다.

"그래, 오빠 말이 맞아. 엄청나게 어려운 걸로 해. 예를 들면 셰스강을 헤엄쳐서 건너가기." 내가 맞장구쳤다.

"아, 안 돼! 형, 누나, 엄마 아빠한테 너무한 거 아니야? 어려운 건 하지 마……." 루시앙이 반대했다.

"입 다물어! 그렇지 않으면 너도 같이 물에 들어가게 할 거야! 릴리, 네 생각 괜찮은데? 우리가 너무 끈끈하게 붙어 있어서 온몸이 끈적거리잖아. 그러니까 찬물에 들어갔다 오시라고 하자!" 오빠는 루시앙에게 을러대면서 내 의견에 찬성했다.

우리는 진짜로 차가운 강물에 들어가 헤엄을 칠 부모님을 지켜보기 위해서 강가로 자리를 옮겼다. 하지만 부모님은 찬물에서 헤엄치는 것을 괴로워하기는커녕 벌칙 받는 내내 유쾌했다. 오빠와 나는 좀 실망했다.

"다음번에는 좀 더 센 걸로 해야겠어." 오빠는 음흉한 미소를 띠며 중얼거렸다.

"얘들아, 너희도 가족끼리 시간을 보내는 거야? '서로 끈끈해지기' 하는 날이야?" 강물을 따라 걸어온 엘리즈 언니가 말했다.

"어, 그래서 조심해야 돼. 너무 붙어 있으면 온몸이 끈적거리니까."
오빠가 무뚝뚝하게 대꾸했다.

엘리즈 언니는 예의 바르게 미소를 지은 뒤, 강을 떠나 좀 멀리 있는 자기 부모님에게 돌아갔다.

나는 점점 엘리즈 언니가 이상하지 않게 보였다. 그래서 강가 풀밭에 오빠와 나란히 앉아 엘리즈 언니를 좋게 말하려고 했다.

"그만해. 모든 문장에 어려운 단어만 넣어서 말하는 애는 진짜 이상한 거야."

"솔직히 오빠와 오빠 친구들이 쓰는 단어를 보면, 두세 글자 이상의 단어는 이해를 못 하는 것 같아. '게임', '시합', '바보냐?' 말 외에는 알아듣는 말이 없잖아."

오빠는 내게 물을 뿌렸고, 나는 소리를 질렀다. 루시앙이 와서 날 지켜 주고, 아빠가 도와줘서 우리는 오빠를 강물에 빠뜨렸다.

오빠는 도살 직전 돼지처럼 꽥꽥 소리를 질렀다. 부상자를 공격하는 건 반칙이라고 말이다. 오빠는 머리부터 발끝까지 홀딱 젖었다!

나 혼자 보기 아까웠다. 스마트폰만 있었다면 사진을 찍어서 페이스북에 올렸을 텐데! 이렇게 글을 올렸을 것이다.

– 인터넷도 못 하고 물에 쫄딱 젖은 오빠

에밀리:앙브루아즈 = 1:0!

하지만 솔직히 우리는 세상과 동떨어져 있기 때문에 언제나 똑같은 상태였다.

점심 때 우리 가족은 모두 강가로 소풍을 가 아름다운 경치를 감상하면서 샌드위치를 먹었다. 인터넷이 없어도 화목하고 행복한 가족인 것 같았다. 룰루가 말실수를 하기 전까지는 그럭저럭 괜찮았는데……

"스마트폰을 들고 있지 않은 우리 가족을 보니까 기분이 이상해요. 평소에는 어딜 가도 스마트폰부터 봤잖아요." 루시앙은 우리가 디저트로 복숭아를 먹을 때 말했다.

그 말에 찬바람이 일어 따끈따끈했던 우리의 마음이 홱 식어 버렸다. 아빠와 엄마는 먹던 복숭아를 뚫어지게 쳐다봤다. 마치 갑자기 인터넷에 접속하고 싶은 마음이 솟구친 듯했다. 오빠가 가장 괴로워하며 인상을 썼다. 오빠가 하던 게임이 한꺼번에 머릿속에 떠오른 모양이었다. 나도 복숭아가 더는 맛있다는 생각이 들지 않았다. 조금 전에 루시앙이 말한 스마트폰을 갖고 싶다는 생각이 간절했다. 내 페이스북 세상과 그속의 친구들과 헤어져 나 혼자 동그마니 세상에 남은 것 같은 외로움이 다시금 몰려왔다.

"그런데 지금이 훨씬 좋아요. 우리 다섯이서 있으니까 진짜로 좋아요!" 룰루가 나지막이 말했다.

"아, 그래에에에! 강가에서 복숭아 먹는 맛이 아주 꿀맛이지이이이!" 오빠가 가성으로 외쳤다.

"게다가 친구들과 연락도 못 하고, 모든 것과 단절되어 지내니까!" 나도 얼굴을 씰룩이며 덧붙였다.

"좋아. 우리 모두 이해했구나." 아빠가 말했다.

"그래. 메시지는 잘 전달된 것 같네." 엄마가 거들었다.

우리는 어안이 벙벙해졌는데, 부모님은 아랑곳하지 않고 강물에 뛰어들었다.

"너희가 폭발할 것 같을 때마다 엄마와 아빠가 매일 벌칙을 수행하면 어떨까?" 아빠가 신이 나서 소리쳤다.

"너희의 분노를 가라앉혀 줄 최고의 벌이지." 엄마도 싱긋 웃으면서 말했다.

부모님이 물 밖으로 나왔을 때, 우리는 부모님에게 수건을 건넸다. 오빠는 엄마의 등에서 방울져 떨어지는 물방울까지 닦아 줬다.

우리 다섯은 수건을 깔고 누워서 햇볕을 쬐며 뒹굴며 놀았다.

잠시 시간 여행을 하는 것 같았다. 우리는 도란도란 얘기를 나눴다. 우리 가족도 스마트폰을 보지 않고도 함께 있을 수 있었다.

난 오후에 오빠가 보이지 않자, 인터넷을 하러 오두막에 간 것이라고 생각했다. 이번엔 우리 가족이 화목한 시간을 보낸 것 같은데, 오빠는 우리 넷을 놔두고 혼자 있으려고 해서 속상했다.

하지만 오빠는 금세 돌아왔다. 알프레드 아저씨와 함께 말이다. 아저씨와 오빠는 널빤지와 못과 밧줄을 들고 왔다. 아빠도 합류해 룰루를 위해 나무에 작은 오두막을 짓기 시작했다. 정말이지 오늘은 굉장한 하루라서 친절한 화성인이 내려와 사진을 찍고 오빠와 아빠를 비행접시에 태워 간다고 해도 난 놀라지 않을 것이다. 그러나 화성인 대신에 엄마가 와서 내게 요정 아줌마의 도자기 수업을 같이 듣자고 했다. 카퓌신 아줌마는 역시나 얼굴에서 절대로 떠날 것 같지 않는 미소를 띠고서 다가왔다. 그런데 난 엄마도 똑같은 미소를 짓고 있다는 사실을 깨달았다.

며칠 전에는 미소 짓는 엄마를 보면서 요정 아줌마처럼 변하지 않기를 바랐었다. 그런데 오늘은 덜 불안하다. 지난 엿새를 가만히 돌아보니, 제자리에서 움직이지 못할 정도로 놀라울 뿐이다.

저녁 식사 시간에 엄마가 만든 토기가 식탁에 떡 하니 자리를 잡았다.

아빠도 어른이 된 후 처음으로 오두막집을 지었다.

물론 오빠도 도왔다. 오빠는 온종일 우리와 함께 있었고, (진짜로) 투덜거리지 않고, 내게 욕하지도 않았다. 심지어 세 번 이상 배시시 웃기까지 했다.

룰루는 쉴 새 없이 이 말만 반복했다.

"대박!"

나의 경우에는 이 스프링 공책이 내 속마음을 털어놓을 수 있는 친구같이 느껴지기 시작했다. 공책에 적은 내용을 친구들에게 보여 줘야겠다는 마음도 더는 들지 않았다.

지금이 중요하다.

우리 모두 변하고 있는 게 아닐까 하는 생각이 든다.

이 마법의 게스트 하우스에 좀 더 머물면 어떨까 하는
생각을 진지하게 하게 된 에밀리

"룰루, 경고하는데 밤마다 내가 잠들려고 할 때마다 말을 걸면, 네 베개를 다 뜯어서 그 속에 든 깃털을 하나씩 네 입에 팍팍 집어넣는 수가 있어!"

오늘 아침에 오빠는 이렇게 사랑과 애정이 가득 담긴 말을 하면서 부엌에 나타났다. 그래, 어제의 기적은 딱 한번에 불과했다…….

오빠는 원래의 모습으로 돌아왔다. 그것도 최악으로.

루시앙은 울상을 지으려다가 갑자기 정원에 있는 오두막이 생각난 듯 밖으로 달려 나갔다. 곧이어 엘리즈 언니가 '아침 찬물 목욕'을 마치고 돌아왔다.

"얼굴이 왜 그러니? 힘이 하나도 없네. 잠을 못 잔 거야?" 엘리즈 언니는 오빠의 끔찍한 기분은 아랑곳하지도 않은 채 물었다.

엘리즈 언니는 답을 듣지 못하자, 계속 말을 이었다.

"오늘은 우리가 좀 챙겨 줄게. 그러면 괜찮을 거야. 나한테 좋은 수가 떠올랐는데, 가만히 있어 봐."

엘리즈 언니는 재빠르게 사라졌다. 나는 오빠를 흘낏 쳐다봤다. 오빠는 창밖에 있는 정원을 멍하니 내다봤다.

"왜 〈더 웨이 투 워〉가 이렇게 하고 싶은지 알겠어. 게임을 할 때는 상황을 통제할 수 있거든. 게이머인 내가 '왕'이잖아. 게임에서는 아무도 내게 이래라저래라 시킬 수 없어. 하지만 여기서는 어쩔 수 없이 따라야 해. 모두 다. 게다가 빠져나갈 방법도 없어. 더는 못 참겠어……."

오빠는 말을 맺지 못했다.

카퓌신 아줌마가 나타났기 때문이다. 마치 우연인 것처럼 엘리즈 언니를 따라서 왔다.

"내일 야외에서 글쓰기 수업을 하려고 해. 수업은 강가에서 음악을 들으면서 할 거야. 종이와 펜을 준비할게. 각자의 속마음, 속생각을 꺼내 보면 종이 위에 단어들이 태어날 거야. 아주 멋진 결과물이 나올 거야. 재밌겠지?" 아줌마가 쪽머리를 경쾌하게 흔들면서 말했다.

엘리즈 언니는 오빠와 나를 돌아봤다.

"우리 셋이 등록할까? 앙브루아즈, 너도 강가에 가서 기분 전환을 하면 좋을 것 같은데. 우리가 같이 있을게. 구체적인 계획도 있어."

"그래, 네 기운을 끌어 올리는 데 아주 좋을 거야. 어쩌면…… 넌 덩크 슛도 할 수 있을걸? 너희가 좋아할 만한 음악도 있어. 넌 랩을 좋아할 것 같은데, 맞니?" 요정 아줌마가 생글거리면서 덧붙여 말했다.

"저는 폭발할 것 같은데요." 오빠는 중얼거렸다.

"그러니까 강에 가서 바람을 쐬야지." 카퓌신 아줌마가 밝게 말했다.

아줌마는 힘차게 걸어서 돌아갔다. 속이 터지기 일보 직전에 이른 오빠는 아픈 발목을 참아 가며 되도록 빨리 부엌을 벗어났다. 틀림없이 몰래 인터넷에 접속하러 갔을 것이다.

"앙브루아즈는 여전히 못마땅한 얼굴이네. 어제 가족끼리 보낸 시간이 좋지 않았니?" 엘리즈 언니가 안타까운 표정으로 물었다.

"몰라." 나는 무뚝뚝하게 대답했다.

엘리즈 언니는 계속 말했다.

"네 오빠를 보면 속상해. 저 우울한 기분을 떨쳐 낼 수 있도록 돕고 싶어. 인터넷을 끊어도 충분히 재밌게 지낼 수 있다는 걸 알려 주고 싶어. 나한테 좋은 수가 있어."

나는 엘리즈 언니를 찬찬히 살펴봤다. 처음에 봤을 때와 같은 '나는 정글에 있어요. 악어와 싸울 거예요' 식의 옷차림은 아니었다. '나는 햇살을 즐길 줄 알고, 매력 있어요'식의 옷차림이었다. 어깨를 드러냈고, 머리 모양은 카퓌신 아줌마처럼 좀 요란하게 틀어 올렸다. 그리고 아주 살짝 화장을 했다.

순간, 난 소름이 끼칠 정도로 수상한 낌새를 챘다.

남은 시간을 오빠와 함께 있고 싶을 정도로 오빠한테 반했나? '다친 영웅'을 보고 엘리즈 언니의 심장이 콩콩 설레는 걸까? 그러고 보니 게스트 하우스에서 오빠를 따라다니는 모습을 이미 여러 번 봤다. 나는 같은 여자로서 진실을 알려 주는 게 낫겠다는 생각이 들었다.

"저기, 잘 모르나 본데, 우리 오빠는 평소에 게임밖에 안 해. 그리고 다정한 오빠가 아니야. 여기처럼 인터넷을 못 하는 상황이면 진짜 못되게 굴어. 게임도 못 하고, 발목까지 다쳤으니 얼마나 신경질이 나겠어.

안 그래? 바닥을 치고 있어."

"그러게 말이야, 에밀리. 인터넷을 하지 않고 지내는 것은 자신의 시간을 다르게 쓸 수 있다는 거야. 난 곰을 길들이는 데 필요한 인내심을 가지고 있어."

"언니한테 어떻게 설명하지? 이건 마치 부상을 당한 회색 곰을 마주하는 것과 같아. 그 곰은 일주일째 아무것도 못 먹었는데, 눈앞에서 먹이가 알짱거리는데도 손에 잡히지 않아 폭발해 버리기 직전이야."

"우리 내기할까? 난 네 오빠를 바꿔 놓을 수 있어. 오후에 한 번만 더 셰스강 가에서 한가로운 시간을 보내면 말이야!"

엘리즈 언니는 내게 한쪽 눈을 찡긋거리며 사과를 집어 들고 나갔다. 나도 정원 구석에 있을 오빠를 찾아 떠났다. 나는 페이스북을 해야겠다고 단단히 맘을 먹었다.

"인터넷이 안 잡혀." 내가 갔을 때, 오빠가 풀 죽은 목소리로 말했다.

나는 오빠의 얼굴을 보면서 농담이 아니란 것을 곧장 알아챘다. 오빠의 오두막에서는 끔찍한 냄새가 났다. 동물들이 와서 파헤친 게 분명했다. 심지어 자기들 굴까지 판 것 같았다. 그래서 냄새가 고약했다. 오빠가 둔 스웨터도 손을 대기 어려울 정도로 더러웠다.

"악취가 대단한데, 여기에 있을 생각은 아니지?" 나는 코를 틀어막으며 소리쳤다.

"내가 한 말 못 들었어? 인터넷이 안 된다고!" 오빠가 와락 성을 냈다. 오빠는 인터넷만 된다면 돼지우리라도 상관없을 사람이다.

오빠는 초조해하며 쓰레기통이 있는 곳으로 갔다. 며칠 전에 와이파이가 제일 잘 잡힌 곳이다.

"하나도 안 잡혀!" 오빠는 절망하는 목소리로 말했다.

이번에는 내가 해 봤다. 오빠의 말이 맞았다.

"어쩌면 이번 주 마을 축제로 준비하는 불꽃놀이 때문이 아닐까?" 나는 생뚱맞게 말했다.

오빠는 나를 빤히 쳐다봤다. 오빠의 눈빛에서 날 '뇌가 없는 애'로 보는 게 느껴졌다. 우리는 와이파이 같아 보이는 것이라면 무엇이라도 잡으려고 사방으로 한참이나 돌아다녔다. 하지만 와이파이는 마법처럼 온데간데없이 사라졌다.

하지만 나는 뇌가 없는 애가 아니다. 아주 기발한 생각을 떠올렸다.

"오빠, 이웃 건물에 가 보자."

"이웃 건물? 무슨 건물?" 오빠는 열에 받쳐서 퉁명스럽게 말했다.

"이웃 건물에 와이파이를 막는 장치가 되어 있을지 모르잖아⋯⋯."

오빠는 이맛살을 찌푸렸지만, 이내 나한테 따라오라는 손짓을 했다. 우리는 우리 게스트 하우스와 이웃 땅 사이에 있는 높은 벽을 따라 걸어갔다. 벽이 끝나면서 빽빽한 울타리가 나왔다.

"우리, 저기로 가야 해. 혹시 누가 우리를 보고 말을 걸면, 연을 찾으러 왔다고 말하자." 오빠가 작게 말했다.

"연? 그게 뭔 소리야?" 그다지 좋은 생각이 아닌 것 같아 반박했다.

오빠는 내 생각을 듣지도 않고, 울타리 밑으로 빠져나가 버려서 나도 하는 수 없이 오빠를 따라갔다.

이웃 건물에서 큰 상자들이 들려 나왔다. 건물 앞에는 '이삿짐센터'라고 적힌 트럭이 세워져 햇살에 반짝였다.

이사를 간다는 것은 건물이 빈다는 것이고, 그렇다면 공유기도 없어지고, 와이파이와도 영영 이별이란 소리다!

오빠와 나는 같은 생각이었다. 우리는 입술을 지그시 깨물면서 되돌아갔다.

"이 셰스강은 꼭 묘지 같아……. 상상해 봐. 얼마나 많은 애들이 우리처럼 요정 아줌마의 진저리 나는 수업을 억지로 들었을까? 모두 열 받아서 쓸모없는 스마트폰을 강물에 던져 버렸을 거야. 넌 스노컬링 장비를 차고 강물에 들어가지 마. 끔찍한 광경을 볼 수도 있으니까."

그때 스노컬링 장비를 한 엘리즈 언니의 부모님이 강물에서 나와서 나는 폭소를 터뜨렸다.

오빠는 어깨를 으쓱이며 귀띔했다.

"남은 방법은 인터넷 카페야. 그래도 이 고약한 촌구석에 하나쯤은 있겠지. 아무도 눈치채지 못하게 마을로 도망칠 방법을 찾아야 해."

"그건 쉽지 않을 거야. 요정 아줌마와 아저씨가 시키는 프로그램을 생각해 봐." 내가 반박했다.

하지만 뜻밖에 찾아오는 행운도 있다…….

점심 때 부모님이 기막힌 소식을 전했다.

아빠가 요정 아줌마와 아저씨가 돌아오는 주말에 〈별난 캠핑〉 프로그램을 준비했다고 했다. 배낭을 메고 자연 경치를 즐기러 떠나기로, 그러니까 특별히 야외에서 텐트를 치고 하룻밤을 보내기로 했단다.

"너희도 알겠지만, 인디언들은 언제나 자연을 존중했단다. 우리 가족도 이번에 진짜 세상과 접속해 보면 좋겠어. 가상 세계를 잊도록 말이야. 인디언 수족처럼 캠핑을 떠나는 건 아주 생각인 것 같은데, 너희 생각은 어떠니?"

오빠와 나는 은밀하게 눈빛을 주고받았다. 우리는 같은 생각을 했다. 하지만 소리 내어 표현하지 않았다. 우리 부모님은 사차원 세계에 깊이 빠졌다. 무사히 빠져나올 수 있을까? 모르겠다.

"우와, 그러면 카우보이와 싸우는 거예요?" 루시앙이 방방 뛰며 좋아했다.

"아주 좋은 생각이네! 재밌겠어!" 오빠가 방정을 떨었다.

난 오빠의 마음에도 없는 말에 발끈해 폭발해 버리고 말았다.

"제발 터무니없는 말 좀 그만하세요! 인터넷이 끊긴 걸로 이미 세상과 단절됐는데, 제가 인디언 여자라도 되기를 바라세요?"

부모님은 텐트를 치고 야외에서 자는 건 맞지만, 얼굴이나 몸에 인디언 분장을 하거나 모닥불 주위에서 춤추는 건 아니라고 말하면서 날 진정시키려고 애썼다.

"우리는 땅과 관계를 다시 맺으려는 거야. 일상에서 가상 세계에 접속하는 것과는 차원이 다른 접속이야." 엄마가 차근차근 설명했다.

나는 더는 입씨름하기 싫어서 알겠다는 표시로 어깨를 으쓱였다.

차라리 방에 가서 일기를 쓰는 게 낫겠다는 생각이 들었다.

오빠가 날 따라 방에 들어와서 내가 생각하는 바를 말할 수 있었다.

"우리는 아빠와 엄마를 잃어버렸어……. 며칠 사이에 완전히 딴사람이 된 것 같아. 불과 보름 전만 해도 우리보다 더 많이 인터넷을 하셨잖아. 그런데 인디언처럼 살아 보자는 게 말이 돼? 오빠도 거짓말쟁이야. 진짜로 저딴 계획이, '나는 땅이 좋아'식의 캠핑이 좋다는 거야?" 내가 말했다.

"생각은 훌륭해. 어차피 난 할 마음이 없으니까. 무슨 수를 써서라도 이틀 동안 나 혼자 이곳에 있을 참이야."

"나도. '차원이 다른 접속'에 관심 없어. 인디언 놀이는 안 할 거야. 인터넷 카페에 가는 게 아니면 아무것도 안 해!" 내가 단호하게 말했다.

이번에는 오빠의 표정이 사뭇 진지했다. 오빠는 나를 빼고 오빠 혼자 인터넷 카페에 갈 수 없다는 것을 내 눈빛에서 읽은 듯했다.

"오케이. 그러면 인디언 캠핑 주말에 함께 도망치자. 작전을 짜서 알려 줄게." 오빠가 승낙했다.

오빠는 내게 손을 내밀었고, 우리는 굳게 악수하며 결의를 다졌다.

오빠와 내가 한편을 먹은 것은 처음이다. 오빠는 더는 내가 생각하는 우리 가족 중 두 번째로 골칫거리가 아니었다. (첫 번째는 루시앙이다.)

"그런데 네 시력은 괜찮아? 그 망할 보라색 벽지에 눈 멀지 않으면 다행이지." 오빠가 계속 말했다.

나는 피식 웃으면서 날마다 나 자신과 만나는 일기를 쓰기 위해 공책을 펼쳤다.

"계속 회고록을 쓰는 거야? 너한테 아주 '명석한' 오빠가 있다는 사실을 꼭 적어 둬! 우리 프랑스어 선생님이 제일 좋아하는 말이지. 진짜 짜증 나는 선생님이야!"

오빠는 고1 때 있었던 일을 두세 가지 얘기해 줬다. 어찌나 웃긴지 나는 웃음을 터뜨렸다. 나는 오빠에게 성 요한 중 3학년 오빠들 얘기를 꺼냈다. 오빠가 몇 명을 안다고 했다.

대박! 난 심장이 밖으로 튀어나오는 줄 알았다!

새로운 희망이 생겼다. 빨리 내 페이스북에 오빠 사진을 올려야겠다. 그러면 분명히 오빠를 알아본 중 3 오빠들이 나한테 메시지를 보낼 것이다. 이래서 오빠가 있는 게 좋구나!

결코 인디언 여자가 되지 않을 에밀리

7월 14일 저녁 7시
에밀리 라미에 일기, 여덟째 날

라 샤펠 생 슈슈 사람들은 마을 축제를 거의 크리스마스만큼이나 고대한다. 내일 저녁에 셰스강에서 소리와 빛의 축제가 열린다. 요정 아줌마와 아저씨는 오늘 아침부터 분주했다. 1년 중에 축제가 열리는 유일한 날이라서 놓칠 수 없기 때문이다.

화이트보드에 프로그램 하나가 더 추가되었다. '7월 15일 축제'

우리의 아침 식사는 극도로 위험했다. 오늘 아침에 오빠는 오렌지 주스를 마시다가 여러 활동 중에 글쓰기 수업이 있다는 얘기에 또다시 사레들렸다.

"나는 아빠와 알프레드 아저씨와 함께 공연 때 셰스강에 띄울 작은 배 두 척을 꾸밀 거야. 진짜 멋지겠지? 형과 누나도 같이할래?"

룰루는 우리가 뭐라고 대꾸하기도 전에 사라져 버렸다. 솔직히 오빠의 뜨악한 표정을 보면, 누구도 부엌에 남고 싶지 않을 것이다. 곧이어 엘리즈 언니가 왔다. 오후 1시부터 셰스강 가에서 글쓰기 수업이 있다고 했다. 부모님도 우리의 오후 활동을 듣고 기뻐했다. 특히 엄마가 크게 좋아했다.

"여기 진짜 좋지 않니? 하나같이 우리에게 도움이 되는 것뿐이야. 우리 아들과 딸이 강가에서 멋진 오후를 보내겠구나. 그동안 엄마와 아빠는 마을 주위를 산보하다가 올게."

오전이 끝나갈 무렵에 부모님이 우리의 시야에서 사라지자, 오빠가 말했다.

"나는 오늘 오후 프로그램을 바꿀 거야. 우선 날 쫄랑쫄랑 따라다니는 '저 같은 경우에는' 양을 물에 빠뜨리고, 그 부모님을 포크로 공격한 뒤에 마지막으로 요정 아줌마를 박살 낼 거야. 인터넷 금단 현상으로 얼마나 내 속에서 못된 충동이 이는지 몰라."

마침 그때 엘리즈 언니가 왔다. 우리의 연쇄 살인범은 폭력 충동을 더는 참지 못하겠다는 듯이 얼굴이 일그러졌다. 나는 요정 아줌마가 우리를 강가에 데려가려고 왔을 때, 실소가 나오려는 것을 참느라 애썼다. 우리는 '시적으로 설치한 장소'에 갔다. 요정 아줌마는 강가 나무 아래에 꽃무늬 천을 깔고 스피커를 놓고 듣기 좋은 음악을 틀어 놓았다. 작은 나무판 세 개가 미래의 소설가와 시인을 기다리는 듯이 얌전히 놓여 있었다. 솔직하게 말하면 이 순간과 이 장소에서 풍기는 분위기는 편안하게 누워서 고요함을 즐기고 싶게 했다. 나부터도 '글을 쓰고 싶다'는 생각이 저절로 들었다. 아무래도 스프링 공책에 글을 끼적이는 습관 덕분인 것 같았다.

반대로 오빠는 당장이라도 걸음아 날 살려라 하고 도망치고 싶은 표정이었다.

"저기, 제가 오늘 급히 물리 치료를 받으러 가야 하는데, 깜빡했어요.

모두 쏘리." 오빠가 말했다.

오빠는 다리를 심하게 절면서 숙소로 돌아가려고 했다. 그러자 아줌마가 가장 가까운 물리 치료소는 마을에서 20킬로미터 이상 떨어진 곳에 있다고 친절하게 설명했다.

"그러지 말고 여기에 좀 누워서 다리를 쉬게 하면 어떨까? 저 찰랑거리는 물에 발을 담가도 좋을 거야." 아줌마는 끈질겼다.

오빠는 '찰랑거리는 소리는 아줌마가 더 내시면서'라고 중얼거리면서 도로 앉았다. 그동안 요정 아줌마는 글쓰기 원칙을 자세하게 설명하기 시작했다.

"각자 느낀 것을 시나 산문으로 써 봐. 다 완성한 사람은 발표해도 돼."

엘리즈 언니는 벌써 글을 썼다. 나는 엘리즈 언니에게 다가갔다.

"고요가 넓게 퍼지고,

어둠이 우리를 뒤덮으려 할 때

물이 속삭이네."

침묵이 몇 분간 흐른 후 엘리즈 언니가 큰 소리로 읽었다.

"훌륭해! 엘리즈는 정말 하이쿠에 소질이 있구나!" 아줌마가 칭찬을 했다.

"하이쿠가 뭐예요?" 나는 눈이 동그래져 물었다.

"일본의 짤막한 정형시야. 자연을 노래하는데, 엄격한 규칙에 맞게 쓰지. 주로 세 줄로 이뤄진 삼행시이고, 5 · 7 · 5개의 음절로 이루어져 있어." 카퓌신 아줌마가 설명했다.

"자연을 노래한다면서 따지는 게 왜 이렇게 많아? 셈하다가 시간 다 가겠네." 오빠가 하품을 하면서 툴을 놓았다.

오빠는 바닥에 엎드려서 강물에 자갈을 던지는 장난을 쳤다.

나는 자갈이 잔잔한 물 위를 튀기며 지나가는 소리가 규칙적으로 들리는 게 참을 수 없어서 오빠에게 그만하라고 말하려는데, 오빠가 이렇게 시를 읊었다.

"고요가 넓게 퍼지고,

큰 돌이 떨어지며

큰 소리가 나네, 풍덩!

저도 '아이쿠' 하나 지었어요."

카퓌신 아줌마는 환하게 미소를 지으며 게스트 하우스로 돌아갔다. 엘리즈 언니가 내게 제안을 했다.

"우리 같이 써 보지 않을래?"

오빠는 계속해서 셰스강에 자갈을 퐁당퐁당 던지면서 고요를 깨뜨렸다. 그동안 우리는 물수제비뜨는 소리에 전혀 방해를 받지 않는다는 듯이 글을 써 내려 갔다.

"달콤하고 아름다운 여름

속살속살 떠도는 소리가 들리네.

그것은 바람의 숨소리."

엘리즈 언니가 큰 소리로 읽었다.

마지막 행은 내가 지은 것이라 뿌듯했다. 나는 계속 퐁당퐁당 물수제비를 뜨며 우리를 무시하는 오빠를 뚫어지게 쳐다봤다. 나는 내 편을 정했다.

"답답하고 짜증 나는 여름

인터넷은 끊기고.

나오는 건 허탈한 한숨뿐."

몇 분 뒤, 오빠가 다시 읊었다.

엘리즈 언니는 나와 함께 쓰는 종이에서 눈을 떼지 않은 채 싱긋 미소를 지었다. 오빠는 내가 박수를 치자 관객에게 인사를 하는 척했다.

곧이어 우리의 공방이 쉴 새 없이 이어졌다. 우리가 하이쿠를 지을 때마다 오빠도 자기 식으로 바꿔서 읽었다. 덜 시적이지만, 훨씬 더 재밌었다.

"마법과 같은 강

삶도 그렇게 흘러가지.

아름다운 인생."

우리가 지은 이 시를 오빠는 이렇게 바꿨다.

"얼음장처럼 차디찬 강

하루하루가 인터넷 없이 흘러가네.

우울한 인생."

우리는 또 이렇게 시를 지었다.

"단어들이 울리네.

우리 생각의 메아리

마법과 같은 하이쿠."

그랬더니 오빠가 또 이렇게 바꾸었다.

"단어들이 꾸짖네.

우리 적들의 메아리

따분한 하이쿠."

거기서 영감을 얻어 우리는 다시 썼다.

"아주 부드러운 셰스강

햇살이 강물에 반짝거리네.

무수한 빛."

오빠도 또 다시 바꾸었다.

"아주 차디찬 셰스강

두꺼비가 강물에 뛰어드네

아이쿠, 빛에 감전되네."

물 위를 퐁당퐁당 때리는 소리가 완전히 사라졌다. 우리의 시 경쟁자는 우리가 시를 다 읽을 때까지 참을성 있게 기다렸다가 자기 식으로 바꿨다. 오후 시간이 갈수록 우리의 하이쿠는 점점 기발해져서 글쓰기 수업은 웃음으로 끝이 났다.

특히 우리가 오빠의 두꺼비 이야기 속편을 지을 때가 제일 웃겼다.

내가 먼저 썼다.

"홀로 남은 공주

두꺼비 왕자가 죽으니

우울증에 걸리고 마네."

엘리즈 언니가 덧붙여 썼다.

"슬픔에 빠진 공주

카퓌신 아줌마 집에 다다라

강물에서 생을 마치네."

오빠가 마무리했다.

"빌어먹을 셰스강

넌 우리의 주인공들을 앗아 갔어.

인터넷이라도 돌려줘!"

우리는 예정했던 시간보다 훨씬 늦게 게스트 하우스로 돌아갔다.

엘리즈 언니와 헤어지고 돌아가는 길에 나는 오빠에게 엘리즈 언니가 좀 괜찮은 것 같다고 떠봤다.

"그렇긴 해. 생각한 것보다는 덜 이상한 것 같아." 오빠도 인정했다.

"오빠, 아까 언니가 두꺼비 흉내 낼 때 봤지? 솔직히 진짜 웃기지 않았어?"

오빠가 피식 웃었다.

"인정. 넌 이 오빠가 '아이쿠'의 왕인 것 같지 않니?"

"인정. 최고였어!"

부모님을 만났을 때에도 우리는 여전히 웃고 떠들었다. 루시앙도 우리에게 배를 꾸민 이야기를 하고 싶어 했다. 그래서 우리는 셋이서 동시에 얘기했다. 마치 소통이 잘되는 가족인 것처럼 우리는 모두 재잘재잘 수다쟁이가 되었다. 그런데 그게 좋았다.

난 진짜로 묘한 기분이 들었다. 우리 모습이 낯설지만, 그래도 오늘 저녁은 기분이 좋다.

인터넷을 못 해도 여전히 살아 있는 에밀리

7월 15일 정오
에밀리 라미에 일기, 아홉째 날

조금 전에 엄마가 내 방에서 나갔다. 엄마는 내가 펜을 쥐고 있는 모습에 흠칫 놀란 표정이었다.

"너…… 숙제하니?" 엄마가 고개를 갸웃거리며 물었다.

나는 웃음을 터뜨리며 내 생각을 페이스북에 올릴 수 없어서 공책에 적는 것이라고 설명했다.

"그날그날 돌연변이처럼 변하는 내 행동을 적어요. '새로운 에밀리'가 인터넷을 못 하는 상황에서 필사적으로 살아남으려는 몸부림을요. 결코 쉬운 일이 아니니까요."

"그러면 엄마 아빠가 찬물로 목욕한 것도 적어 주길 바라!" 엄마가 웃으며 말했다.

나는 고개를 끄덕였다. 엄마와 나는 '너, 나, 우리, 서로 끈끈해지기'를 했던 날을 다시 얘기하며 웃었다.

정확하게 말하면, 우리는 끈끈해져 가는 중이라고 말하는 게 맞겠다. 나는 돌연변이, 또 다른 에밀리다. 적어도 한 시간에 한 번이라도 인터넷에 접속하지 않으면 살 수 없을 것이라고 생각했던 내가 나흘 동안 페이스북을 전혀 열어 보지 않고 지냈다.

게다가 난 우울하지도 않다. 내 스마트폰을 셰스강에 던져 버리고 싶은 마음도 없다. 반대로 요새 오빠와 엘리즈 언니와 함께 지낸 시간들이 좋았다. 그래서 내 페이스북 메시지나 페이스북에 새로운 알림이 있는지 신경 쓸 시간조차 없었다.

오빠의 경우를 보면, 오빠의 변신은 한층 놀라웠다. 오빠도 인터넷을 아예 못 해도 살 수 있는 것 같았다.

나는 '새로운 오빠'를 분석했다. 크뢰즈주의 태양 아래서 부화하는 중이고, 인터넷을 못 한 뒤로는 계속해서 점점 더 재밌는 오빠가 되고 있기 때문이다. 원래는 (에너지 면에서) 좀비와 (공격성 면에서) 투견을 복잡하게 뒤섞인 사람이었는데, 지금은 변신하고 있다. 전에 오빠가 나한테 말을 걸 때는 딱 네 문장밖에 없었다. '문 닫아.' '내 방에서 나가.' '또 뭐?' '난 너한테 할 말 없어.' 그런데 이 말들이 오빠의 입에서 싹 사라졌다.

요컨대 일주일 사이에 우리 오빠가 달라졌다.

솔직히 말해서 지금의 오빠가 마음에 든다. 오빠가 인터넷이 없어도 살 수 있도록 도와준 엘리즈 언니가 다시 생각났다. 언니의 신념이 맞았다.

좋아, 그러면 끝날 때까지 '인터넷 제로' 원칙을 지켜 보자!

우리 부모님과 나와 동생은 인터넷 없이도 살 수 있으니까 오빠도 할 수 있을 것이다.

그렇다면 난 인터넷 카페에 가려는 오빠를 무슨 수를 써서라도 막아야 한다. 오빠를 위해서 해야 한다.

인터넷 없이 지내는 것도 믿기지 않는데, 날이 갈수록 재밌는 에밀리

추신: 지금 밤 11시인데, 다시 공책을 펼쳤다. 저녁에 일어난 일을 적지 않을 수 없기 때문이다.

라 샤펠 뭐뭐라는 태양 아래에서 새로운 변화가 일고 있다. 엄마가 내 방을 나가자마자, 오빠가 들어왔다. (믿기지 않지만, 오빠가 점점 자주 내게 말을 건다.) 오빠는 조금 전에 펼친 '기막힌 작전'을 의기양양하게 알렸다. 오빠의 작전은 간단했다. 주말에 '별난 캠핑'을 가지 않기 위해서 알프레드 아저씨에게 가서 돕겠다고 자청했다고 한다.

"아저씨도 게스트 하우스 입구의 흉측한 간판을 다시 칠할 일손이 필요했어. 너도 봤지? '인터넷 없는 집'이라고 쓴 푯말 말이야. 보기만 해도 얼마나 불쾌해?"

나는 오빠의 진의를 파악하지 못한 채 고개를 끄덕였다.

오빠가 계속해서 말했다.

"그래서 내가 한때 그림 그리기와 컬리그러피의 달인이었기 때문에 도울 수 있다고 자신 있게 말했지."

"오빠가 진짜로 그렇게 말했다고?" 나는 어이가 없어서 웃었다.

"그다음 얘기를 들어 봐! 아저씨가 크게 관심을 보이는 것 같아서 난 그 자리에서 거래를 했어. 이번 주말에 그려 보겠다고 말이야. 무엇보다 난 발목이 여전히 좋지 않기 때문에 캠핑을 가 봐야 사람들에게 짐이 될 것이고, 나 혼자 남아 있으면 집중이 잘 돼서 좋은 간판을 그릴

수 있을 것이라고 설득했어…….”

“그러면 엄마 아빠도 아셔? 허락하셨어?” 내가 놀라 물었다.

“알프레드 아저씨가 좋아하면서 알리셨지! 엄마도 내가 어릴 적에 유치원에서 그려 온 그림을 보면서 미술에 소질이 있는 애라고 늘 생각했다면서 무척 자랑스러워하셨어. 나 그 말에 웃겨 죽는 줄 알았어! 아무튼 작전은 성공이고, 난 캠핑에 안 가.”

오빠는 기쁨에 겨워 현란한 발동작을 선보였다.

“오케이. 그러면 나는? 우리 약속했잖아?” 오빠가 48시간 동안 인터넷만 할 텐데, 오빠를 막을 수 없다는 생각을 하니 속상해서 따졌다.

“좀 기다려! 각 작전에는 두 단계가 있어. 나는 첫 번째 단계를 실행한 것뿐이야. 하지만 널 잊지 않았어.”

“날 속일 꿍꿍이는 하지 마! 나도 캠핑 안 가고 싶단 말이야.” 내 말에 오빠는 경쾌하게 휘파람을 불면서 내 방에서 나갔다.

저녁 식사 시간에 기분이 날아갈 듯한 오빠는 우스갯소리를 하며 우리를 여러 번이나 웃겼다. 곧이어 요정 아줌마와 아저씨가 주말 활동을 공표했다. ‘캠핑과 공동 작업’이라는 새로운 계획을 다시 알렸다.

그 말에 오빠의 얼굴에서 미소가 싹 사라졌다.

“앙브루아즈가 찾아와서 우리의 주말 캠핑 때 남아서 페인트칠을 하고 싶다고 했어. 아줌마와 아저씨가 고민을 해 봤는데, 그래도 10대 친구들끼리 자연에서 아름다운 경험도 해 보는 게 좋을 것 같아서 내일 아침에 보물찾기 여행을 해 보면 어떨까 해. 야외에서 하루를 보내면서 인터넷을 하지 않으면 더 잘 보일 우리 고장의 아름다움을 감상해 보면 좋을 것 같은데, 너희 생각은 어떠니?" 알프레드 아저씨가 물었다.

오빠는 셰스강을 한참 바라봤다. 마치 대답을 찾으려는 듯했다.

"네, 아주 좋겠네요." 오빠는 지진으로 가족을 다 잃었다는 얘기를 들은 사람처럼 말했다.

엘리즈 언니는 식탁에 앉아서 빙그레 미소를 지으며 엄지를 척 하고 들어 올렸다. 나도 박수를 치는 흉내를 냈다.

나는 기분이 아주 좋았다. 물론 보물찾기는 유치하지만, 언니와 오빠와 다시 하루를 보내는 건 진짜 기쁘다! 지난번 하이쿠 때처럼 재밌으면 좋겠다.

잠시 일기 쓰기 중지.

오빠가 다시 내 방에 들어왔다가 나갔다. '곰팡이 슨 야외 보물찾기 여행'을 떠나면, 오빠는 엘리즈 언니와 나와 같이 있지 않을 것이라고 알렸다.

"예정보다 일찍 마을 인터넷 카페에 가서 온종일 있을 거야. 너도 네 페이스북에 접속할 수 있는 기회가 될 거야. 내 가방에 스마트폰과 태블릿이 있는 거 알지?" 오빠는 자신에 차서 말했다.

나는 얼굴을 찌푸리며 "응"이라고 말했다.

난 궁지에 몰렸다. '인터넷 제로' 규칙을 끝까지 지키겠다는 결심은 오빠에게 털어놓지 못했다.

오빠는 인터넷 중독에서 벗어나지 못했기 때문에 내 말을 들으면 황당해할 게 뻔하다.

그래도 난 목숨을 걸고 계속 투쟁할 것이다.

그러니까 오빠는 계속 인터넷에 접속하지 못할 것이다!

이 공책을 덮기 전에 한 가지 더 덧붙이면, 라 샤펠 생 슈슈의 소리와 빛의 축제는 진짜 멋졌다. 우리는, 그러니까 오빠와 엘리즈 언니와 나와 루시앙은 배에 누워서 함께 저녁을 보냈다. 난 진짜 좋았다! 우리는 강물이 흐르는 대로 떠다니며 음악을 들으면서 강물에 비치는 빛들을 감상했다.

나는 배에서 내리면서, 마음이 너무나도 고요해져서 우리 모두 인터넷이 없어도 살 수 있겠다는 확신이 들었다. 뿐만 아니라 셰스강에서 보낸 오늘 밤만큼이나 즐겁게 살 수 있을 것 같다는 확신이 들었다.

불가능이 가능이 될 수도 있다는 생각이 드는 에밀리

7월 16일 거의 자정
에밀리 라미에 일기, 열째 날

이번 여행은 정말이지 끝내준다. 굉장하다는 말밖에 안 나온다. 바캉스 여행 동안 이렇게 많은 일이 일어난 건 처음이다. 솔직히 난 녹초가 되었지만, 오늘 하루를 얘기하지 않고는 잠자리에 들 수가 없다. 실로 엄청난 일들이 있었다.

보물찾기 여행은 오빠의 예상과는 영 딴판으로 진행되었다. 오빠는 우리가 게스트 하우스에서 출발하면, 지도에 표시된 B 지점을 찾기만 하면 된다고 생각했다. 그래서 가는 길에 인터넷 카페에 좀 들렀다가 마지막 순간에 B 지점에 도착하면 문제가 없을 것이라고 생각했다.

그런데 알프레드 아저씨가 아침 식사 시간에 또 다른 활동을 알렸다.

"하루 동안, 지도를 보며 들러야 할 지점은 다섯 군데란다. 중요한 힌트가 적힌 수수께끼 카드를 보고 찾으면 돼. 각 지점마다 내가 선물을 들고 기다리고 있을 거야. 마지막 단계가 화룡점정인데, 너희는 진짜 '보물'에 가 보게 될 거야. 그리고 앙브루아즈 발목 상태를 고려해서 전체 코스는 길지 않게 짧고, 가파른 곳도 없으니 걱정 마라."

"만약에 도중에 중간 지점을 빠뜨리면요?" 기대에 부푼 것 같은 엘리즈 언니가 물었다.

"다음 지점에서 만나면 돼! 단 너희 셋은 길 잃지 않도록 같이 다녀야 한다."

"스마트폰이 필요하지 않을까요? 지난번 보셨잖아요. 룰루가 위험할 뻔했잖아요." 오빠는 가방에 숨겨 놓은 낡은 스마트폰 대신에 자신의 스마트폰을 도로 받을 수 있지 않을까 하는 기대를 하며 물었다.

"그래서 이번에는 룰루가 빠져! 너희 10대 세 명이서 도보 여행을 하는 거야. 지레 겁먹지 마. 위험한 일은 없을 거야. 각 지점마다 알프레드 아저씨가 계실 테니까." 처음부터 설명을 듣던 아빠가 말했다.

알프레드 아저씨는 우리 한 명 한 명에게 수수께끼 카드와 네모반듯하게 접힌 지도를 나눠 줬다.

"점심은요?" 나는 불안감을 완전히 떨치지 못하며 물었다.

"알프레드 아저씨가 2번 지점에서 직접 나눠 주실 거야. 거기서 맛있게 먹으면 돼." 카퓌신 아줌마가 설명했다.

우리 셋은 우리를 영영 못 보는 줄 알고 울고불고 난리를 치는 루시앙을 힘겹게 떼어 놓고서 길을 떠났다. 엘리즈 언니와 나는 힘차게 걸었다. 오빠는 다리를 질질 끌다가 기우뚱기우뚱 절기 시작했다.

오빠가 일부러 음산한 목소리로 수수께끼를 읽었지만(오빠는 "종탑이 보이면, 2번 지점으로 갈 수 있어"라고 소리쳤다), 1번 지점을 찾는 건 누워서 떡 먹기였다. 우리는 마을 교회 뒤에서 알프레드 아저씨를 찾아냈다. 아저씨는 우리에게 사탕 선물 보따리를 나눠 줬다. 우리는 현대의 삶과 연결되는 곳에서 아저씨를 찾았다.

곧이어 아저씨는 2번 지점에서 만나자고 하며 길을 떠났다. 우리는 벤치에 앉아서 첫 번째 보따리를 펼쳐서 열심히 먹었다.

사실 라 샤펠 뭐뭐라는 마을을 지나가는 건 처음이었다. 그리고 마을에는 진짜로 인터넷 카페가 있었다. 오빠는 인터넷 카페를 보자마자, 이성을 잃었다.

"나는 저기에 갈 거야. 내 가방에 필요한 게 다 있어. 다 꺼내서 인터넷에 접속할 거야." 오빠가 선포했다.

엘리즈 언니와 나는 동시에 놀란 눈이 되어 오빠를 쳐다봤다.

"자자, 소녀들, 흥분하지 마. 나한테 잔소리를 늘어놓을 생각은 접어. 여기에는 요정 아줌마나 아저씨도 없잖아. 그분들은 좀 잊고, 내가 진짜 삶에 접속 좀 하게 놔줘." 오빠는 당당하게 말했다.

"너 없이 우리끼리 2번 지점에 가면, 알프레드 아저씨께 뭐라고 말씀 드려?" 엘리즈 언니가 허리에 양 주먹을 쥐어 올리며 물었다.

"너희가 알아서 말해. 내가 도중에 착한 토끼를 만나서 같이 낮잠을 잔다던지, 아니, 이게 더 좋겠네, 식물 채집에 빠져서 초롱꽃을 찾아 갔다고 해."

오빠가 입에 사탕을 잔뜩 물고서 우리를 깔보듯이 위아래로 쳐다봤다. 그 얄미운 모습에 난 와락 부아가 치밀었다.

"언니, 오빠는 두고 가자. 우리 오빠는 아무리 봐도 구제불능이야! 인터넷 없이도 재밌게 하루를 보낼 수 있다는 걸 몰라. 게다가 지도도 읽을 줄 몰라. 그러니까 길을 잃을지도 모른다는 생각에 겁이 나 죽을 거야."

내 말에 엘리즈 언니는 웃음을 터뜨렸고, 오빠는 시큰둥하게 어깨를 으쓱였다. 오빠는 뒤돌아 멀어지는 척했다.

"오빠는 GPS가 없으면, 완전히 길을 잃어버릴 걸! 새로운 장소에 가면 구글 맵부터 보지 않아?" 내가 계속 말했다.

"그게 어때서? 나는 나만의 시간을 보낼 거야. 해가 어디서 뜨는지 보면 북쪽이 어딘지 알아." 오빠가 돌아서서 대꾸했다.

"틀렸어! 해는 동쪽에서 떠서 서쪽으로 져. 그래서 방향을 찾을 때 해를 보면 도움이 되지." 엘리즈 언니가 웃으며 가르쳐 줬다.

오빠가 발끈해서 외쳤다.

"오케이! 소녀들, 그러면 해 보자. 나는 인터넷 카페에 가서 게임 두세 판을 하고 너희보다 먼저 2번 지점에 가 있을 거야. 내가 〈더 웨이 투 워〉를 얼마나 잘하는지 모르지? 적들을 얼마나 잘 찾아내는데! 그깟지도 보기쯤은 식은 죽 먹기야."

오빠는 인터넷 카페로 가면서 자신의 손목시계를 쳐다봤다.

"시작! 소녀들, 부지런히 움직여!"

엘리즈 언니와 나는 더는 말대꾸하지 않고, 야수처럼 소리를 지르며 달리기 시작했다.

두 번째 수수께끼는 좀 더 어려웠다. 왜냐하면 바람의 방향과 쓰러진 소나무가 힌트였기 때문이다. 우리는 난관을 만나 머뭇거렸다. 지도를 사방으로 돌려 봤다. 다행히도 11시 30분에 2번 지점에 다다라 기뻐서 폴짝폴짝 뛰었다. 오빠는 없었다. 우리가 이겼다. 알프레드 아저씨는 우리가 따로 떨어져서 와서 안타까워했다. 우리는 아저씨에게 '지도 보기 달인'을 찾아서 같이 점심을 먹겠다고 약속했다.

그런데 상황이 나빠졌다.

우리는 오빠를 여전히 만나지 못했다.

오빠는 3번 지점에 없었고…… 4번 지점에도 없었다. 알프레드 아저씨는 평정심을 잃지 않았지만, 나는 겁이 나기 시작했다.

"인터넷 카페에 가 봤는데, 앙브루아즈는 없더라. 그래도 걱정 마라. 내가 이곳 사람들을 다 아니까 곧 찾을 수 있을 거야." 아저씨는 우리를 안심시키며 떠났다.

"우리 오빠는 지금쯤 나무껍질을 뜯어 먹고 있을 거야. 배꼽시계가 있어서 제때 먹어야 하거든. 그렇지 않으면 눈에 보이는 대로 물어뜯을 수 있어." 난 엘리즈 언니에게 설명했다.

엘리즈 언니도 걱정했다. 그러나 오후 4시경에 4번 지점을 조금 지났을 때 우리는 오빠를 다시 만났다.

오빠는 우리가 따지기도 전에 먼저 말했다.

"너무 배가 고파서 지나가는 곰이라도 있으면 잡아먹으려던 참이었어."

"길을 잃었던 거야? 아니면 그동안 게임을 한 거야?" 엘리즈 언니는 자신의 샌드위치를 오빠에게 건네며 물었다.

"길에서 좀 빈둥거렸다고 할 수 있지. 그리고 따지고 싶은 게 있어. 여기서는 태양이 제멋대로 구는 것 같아. 네가 말한 대로 동쪽과 서쪽을 찾아 갔는데, 하나도 안 맞았어." 오빠는 알쏭달쏭한 분위기를 풍기며 말했다.

이번에는 내가 오빠를 놀렸다.

"오빠는 동서 구분도 못하면서 어떻게 '지도 보기의 달인'이고 말할 수 있어? 언니와 나는 제대로 지점들을 통과했어. 오빠 없이 지점에 잘 도착해서 도시락도 받고, 보물을 찾는 데 도움이 될 만화 한 컷과 열쇠도 각각 받았지……."

"…… 그래도 이번에는 너랑 같이 찾을 수 있어." 오빠를 보고 미소를 되찾은 엘리즈 언니가 말했다.

오빠는 어깨를 으쓱였지만, 도시락을 게걸스럽게 먹으면서 우리 뒤를 따랐다. 이윽고 우리는 보물을 찾았다. 우리를 참을성 있게 기다려 준 알프레드 아저씨가 4번 지점에서 얻은 열쇠로 열 수 있는 작은 상자를 선물하며 공식적으로 코스 게임을 끝냈다.

작은 상자 안에는? 이웃 도시에 있는 루나랜드 야간 이용권 세 장이 들어 있었다. 초대형 놀이기구가 여덟 개나 있는 곳이다.

알프레드 아저씨는 저녁 8시경에 우리를 루나랜드에 데려다주며 세 시간 뒤에 데리러 오겠다고 했다. 우리 셋은 신나는 밤을 보냈다.

말할 것도 없이 오빠가 가장 좋아했다. 심지어 우리 방향 감각이 최고라고 치켜세웠다.

"만약 네가 전쟁 게임에 빠지지 않고, 우리를 따라왔더라면, 지도를 잘 볼 수 있는 팁을 가르쳐 줬을 텐데. 내가 볼 때, 너한테는 그게 가장 필요한 것 같거든!" 엘리즈 언니가 싱긋 웃으면서 놀렸다.

오빠는 말대꾸하지 않고 웃어넘겼다.

어쨌든 이후로 우리는 오빠의 '일탈'에 대해 이러쿵저러쿵 말하지 않았다. 우리는 루나랜드에서 몇 시간 동안 신나게 논 것으로 만족했다. 그 시간 동안에는 인터넷을 까맣게 잊었다.

나는 오늘 하루가 오빠가 말한 대로 정말 좋았다. 그래서 알프레드 아저씨에게 감사 인사를 했다. 아저씨도 기뻐하는 듯했다.

지도 보기의 진짜 달인 에밀리

7월 17일 저녁 8시
에밀리 라미에 일기, 열한째 날

오늘 화이트보드에 굵은 글씨로 '오전 10시~11: 점검과 장비 조립과 간단 회의—우리는 어디까지 왔을까요?'라고 적혀 있었다.

나는 잠에서 깼을 때, 룰루가 정원을 뛰어다니며 고함치는 소리를 들었다. 〈땅으로 돌아가기〉 활동은 룰루와 같이하면 결코 조용히 있을 수 없겠다는 생각이 들었다. 난 여전히 캠핑을 떠나고 싶지 않았다.

내 목표는 오빠가 자신이 말한 약속을 지키게 하는 거다. 오빠는 '각 작전에는 두 개의 단계'가 있다고 했는데, 내가 볼 때 두 번째 단계는 아직인 것 같았다.

내가 아침 식사를 끝냈을 때, 바로 엄마가 왔다.

"릴리, 정말로 이번 주말에 이곳에 남는 게 좋겠니?" 엄마가 물었다.

그 말에 나는 어찌나 놀랐는지 먹던 빵을 툭 떨어뜨렸다.

엄마가 계속 말했다.

"앙브루아즈가 조금 전에 와서 네가 엘리즈와 함께 남고 싶어 한다고 하더라."

"엘리즈 언니도 남아요?" 나는 놀라 되물었다.

"어, 엘리즈가 앙브루아즈와 같이 페인트칠을 하고 싶대. 둘이 사이가 좋아 보여? 그치?"

나는 바보 같은 표정을 지으며 고개를 끄덕였다.

"그러면…… 저도 남아도 돼요?" 나는 조심스럽게 우물거렸다.

"네가 원하면, 그렇게 해. 앙브루아즈와 엘리즈가 있으니까 걱정은
안 되겠어."

나는 엄마의 목을 와락 끌어안았다. 엄마가 웃음을 터뜨렸다. 나는 엄
청난 호의를 베풀어 준 오빠에게 고맙다고 인사하려고 곧장 부엌 밖으
로 달려 나갔다. 오빠가 약속을 지키다니, 해가 서쪽에서 뜰 일이다.

오빠를 찾았을 때, 오빠는 한창 룰루를 돕는 중이었다.

"텐트는 단단히 치는 게 아주 중요해. 오늘 밤에 '인디언 텐트 검사'가
있을 거야. 아마 제로니모*가 직접 라 샤펠 생 슈슈를 방문할 것 같아."
오빠가 설명했다.

"제모니로가 누구야?" 룰루가 흥분해서 엉터리로 물었다.

"오빠, 오빠는 이따금 진짜 멋져! 이번 주말 일은 고마워!" 내가 다가
가며 소리쳤다.

"김칫국부터 마시지 마! 껌 딱지 같은 '저 같은 경우에는' 양이 남겠다
고 해서 너도 남게 해 달라고 한 것뿐이야. 네가 나 대신 '저 같은 경우
에는' 양과 있어야 내가 '거기에' 갈 수 있지……." 오빠가 목소리를 낮춰
서 말했다.

오빠는 내게서 등을 돌리며 말뚝을 박는 데 신경을 썼다. 그러니까

---

* 미국 인디언의 한 부족인 아파치족의 마지막 추장.—옮긴이

어떻게 된 일인지 알겠다. 오빠는 몰래 빠져나가 인터넷 카페에 가기 위해 나를 남겨 두는 것이다.

나는 어깨를 으쓱였다. 오빠는 내 비밀 임무가 무엇인지 모르니까.

오빠의 '일탈'을 한 번쯤은 봐줄 수 있다. 하지만 두 번은 안 된다!

텐트를 다 세우고 검사도 끝났다. 카퓌신 아줌마는 주말 전에 간단히 회의를 하기 위해서 우리를 모두 모이게 했다.

"여러분을 모이게 한 건, 되도록 솔직하게 얘기를 해 보고 싶어서예요. 인터넷을 끊고 지낸 지 열흘이 되어 가는데, 어때요? 돌아가면서 소감을 얘기해 볼까요?" 요정 아줌마가 밝은 목소리로 말했다.

우리 부모님이 '새로운 감각을 되찾는 것 같다'고 제일 먼저 대답했고, 오빠는 스마트폰이나 게임기를 더는 쓸 수 없어서 손가락 감각이 점점 떨어지는 것 같다고 엄살을 부렸다.

이번에는 루시앙이 손을 들며 매우 진지하게 말했다.

"저는 캠핑을 떠나고, 또 오두막을 지을 상상을 하면, 태블릿과 게임기 생각은 하나도 나지 않아요. 우리도 주택에 살고 싶어요. 우리는 아파트에 살아서 정원에서 뛰어놀거나 오두막을 지을 수 없거든요."

"그래, 그게 문제구나. 하지만 아파트에서도 정말 많은 걸 할 수 있단다." 알프레드 아저씨가 싱긋 웃으며 말했다.

"네네, 맞아요. 아주 재밌는 것들이 많죠! 뜨개질, 지도 보기, 낱말 맞추기, 사블레 과자 만들기, '아이쿠' 시 짓기, 벽난로 구석에서 완두콩 껍질 까기 등등 말이에요." 오빠가 맞장구쳤다.

"지도 보기가 뭐야? 어려운 거야?" 호기심이 많은 루시앙이 놓치지 않고 물었다.

"내가 스마트폰이 있으면, 당장에 보여 줄 텐데. 여기서는 정보를 얻으려면 다음 밤까지 기다려야 해."

오빠는 팔짱을 끼고서 우리를 위아래로 훑어봤다. 마치 싸우려는 듯이. 그래도 오빠가 지난번보다 나아진 점이 있다면, 자리를 박차고 나가지 않았다.

내가 큰 소리로 말했다.

"오빠는 참 비판적이야. 하지만 그래도 이곳에 와서 아주 좋은 점이 하나 있어. 그것은 바로 우리가 함께 시간을 보내고 있다는 거야. 솔직히 집에서는 다들 태블릿, 게임기, 텔레비전 앞에서 떨어질 줄 모르잖아. 그래서 가족 간에 대화가 거의 없지. 그런데 여기서는 오빠도 눈치챘는지 모르겠지만, 우리가 서로 말을 해!"

오빠는 자신은 알 바 아니라는 듯이 어깨를 으쓱였다. 하지만 카퓌신 아줌마의 얼굴에 미소가 크게 번졌다.

"에밀리가 이곳에서 머물다 간 대부분의 청소년들이 느꼈던 바를 간략하게 정리해 줬구나. 많은 친구들이 인터넷을 끊고 지내면서 새로운 경험을 할 수 있었다고 털어놓았어. 가족과 함께 누리는 기쁨을 재발견했다고도 했지."

"나도 솔직히 우리가 이따금 억지로라도 스크린에서 눈을 떼면 모든 것이 가능할 거라고 생각해." 엘리즈 언니가 말했다.

요정 아줌마와 아저씨는 엘리즈 언니의 말을 끝으로 회의를 마무리하자고 했다.

회의가 끝난 뒤 부모님은 룰루가 캠핑 중에 알레르기 발작을 겪지 않도록 마을에 모기 기피제를 사러 나갔고, 나는 엘리즈 언니와 함께 알프레드 아저씨의 작업실에 갔다. 우리는 왠지 모르게 붓을 잡고 싶은 기분이 들었다.

게다가 특종 하나, 내가 볼 때 엘리즈 언니가 이제 막 피어난 '새로운 오빠'에게 점점 빠져드는 것 같다.

사실인지 아닌지는 좀 더 두고 보면 알겠지.

놀랍게도 진짜 세상에 접속한 에밀리

"저기 소녀들, 미리 말해 두는데, 나는 토요일에도 일요일에도 붓은 한 자루도 쥐지 않을 거야. 왜냐, 나는 인터넷 카페에서 주말을 보낼 생각이거든. 너희가 내 알리바이가 되어 줘. 페인트칠은 너희가 하고, 나는 게임을 하는 거지. 지난번처럼 말이야. 너희가 등산하는 동안, 나는 게임을 할 수 있었잖아."

자, 이것이 오늘 오후에 오빠가 내뱉은 첫 문장이다. 그러니까 오후 1시가 좀 넘었을 때인데, 엘리즈 언니와 나는 캠핑을 떠나는 가족들에게 세차게 손을 흔들며 인사를 하고 있었다.

"거짓말! 오빠는 보물찾기를 하는 동안에 길을 잃은 것뿐이었잖아. 창피해서 털어놓지 못했으면서!" 내가 쏘아붙였다.

오빠는 다시 알쏭달쏭한 표정을 지었다. 나는 어깨를 으쓱였다.

"인터넷 카페에 오래 있을 생각이야?" 엘리즈 언니가 물었다.

"정상적인 청소년으로 돌아가려면 시간이 필요하지 않겠어? 그리고 릴리, 잊었나 본데, 불과 얼마 전까지만 해도 너도 페이스북도 못 하고, 네 '페이스북 친구'들과 연락도 못 해서 안달을 부리지 않았어? 그래 놓고 이제 와서 나한테 잔소리야? 그만 좀 해!" 오빠가 대꾸했다.

오빠는 성큼성큼 걸어서 멀어졌다.

"나도 가끔은 숨이 막혀서 그래!" 나는 오빠 귀에 들리게 고함쳤다.

엘리즈 언니가 곧장 오빠를 뒤쫓아 가서 잠시 얘기를 나눴다. 갑자기 오빠가 되돌아왔다. 하지만 그렇다고 해서 표정이 좋은 건 아니었다.

"뭐라고 설득했어?" 내가 놀라 물었다.

"그냥 의심을 받지 않으려면 인터넷 카페에 가기 전에 페인트칠을 하는 게 좋지 않겠냐고 했어. 게다가 본인이 나서서 하겠다고 한 일이잖아. 분명히 알프레드 아저씨가 어떻게 진행되고 있는지 물어보실 텐데, 대답은 할 수 있어야 할 것 아니야?"

우리는 미술 작업실에서 오빠를 만났다. 오빠는 여전히 짜증이 풀리지 않은 듯했다. 붓을 신경질적으로 집어서 첫 번째 페인트 통에 푹 담갔다가 옆에 놓인 큼지막한 흰색 캔버스에 사정없이 휘둘렀다.

"덕지덕지 칠해 주지!" 오빠는 투덜거렸다.

엘리즈 언니가 칭찬했다.

"우와, 멋지다아아아! 여기에 덧칠을 한 번 더 하면……"

오빠는 엘리즈 언니의 말이 끝나기도 전에 이미 다른 색 페인트 통에 붓을 넣었다가 캔버스에 자신의 불쾌한 감정을 표현했다.

"대박! 섞이니까 더 멋지다!" 나도 모르게 탄성이 흘러나왔다.

오빠도 한 발자국 물러났다. 자신의 작품을 분석하려고 말이다.

그리고 나서…… 오빠는 진짜 화가가 된 듯이 붓질을 멈추지 않았다. 물론 엘리즈 언니와 나도 가만히 구경만 하지 않았다. 오빠가 어찌나 신나게 붓질을 하는지 우리도 돕지 않을 수 없었다.

우리는 한 시간도 안 되어 캔버스를 갖가지 색으로 가득 채웠다. 결과는 대만족이었다.

"아주 맘에 들어!" 오빠는 머리부터 발끝까지 페인트 범벅이 되어서 말했다.

"진짜 재밌었어!" 엘리즈 언니도 좋아했다.

"좀 더 큰 데 그리면 어떨까?" 내가 흥분해서 제안했다.

우리는 오후 내내 신나게 칠했다. 오빠가 알프레도 아저씨의 라디오를 켰다. 라디오에서는 세상에 있을 법하지 않은 음악만 틀어 주는 두 메산골 방송국 채널만 나왔는데, 엘리즈 언니는 리듬에 맞춰 허리를 살랑살랑 흔들고, 오빠는 마치 음악에서 창작의 영감을 얻는 것처럼 연기했다. 그 모습에 나는 웃음을 멈추지 못했고, 심지어 딸꾹질까지 했다. 그래서 더 웃음이 났다.

"이 작품이야말로 페이스북에 올려야 하는데!" 그림이 완성되자, 오빠가 말했다.

"그건 잊어! 문구를 정해야 해!" 엘리즈 언니가 말했다.

"인터넷이여 영원하라!" 오빠가 제안했다.

"인터넷을 하면 안 되는 게스트 하우스니까 그에 걸맞게 지어야지." 내가 말했다.

"'내 인터넷에 손대지 마!'는 어때? 아니면 '아이 러브 인터넷'. 너희는 내가, 내가 좋아하는 것을 부인할 것이라는 기대는 1도 하지 마!" 오빠가 말했다.

엘리즈 언니와 나는 어깨를 으쓱였다. 순간 내 머릿속에서 이런 울림이 들렸다. '에밀리, 네가 빠져야 할 타이밍이야. 둘이서 정하게 놔둬. 좀 친해지게……'

나는 둘만 있게 자리를 떴다.

사실은 몰래 엿보려고 숨었기 때문에 완전히 자리를 뜬 건 아니었다.

물론 바른 행동은 아니다.

솔직히 난 실망했다. 엘리즈 언니와 오빠는 계속해서 페인트칠만 했기 때문이다. 그게 전부였다.

아무 일도 없었다.

뽀뽀 한 번은커녕 손도 스치지 않았다.

아무 일도 없었다.

나는 크게 실망하며 숨은 곳에서 나왔다.

"최종물을 봤니?" 내가 그 둘에게 갔을 때 엘리즈 언니가 외쳤다.

나는 분한 눈으로 그림을 힐끗 쳐다봤다. 그 순간, 불발에 그친 러브 스토리에 대한 관심은 (거의) 사라졌다. 오빠가 '인터넷'이라고 큼지막하게 썼고, 엘리즈 언니가 그 위에 더 크게 노란 형광색으로 'NO'라고 썼다. 우리가 두껍게 색칠한 바탕색 위에 적힌 문구가 눈에 선명하게 들어왔다.

"대박!" 나는 환호했다.

"앞으로 날 피카소라고 불러. 개인적으로 'NO'라고 적는 건 반대했지만, '저 같은 경우에는' 양이 우겼어." 오빠가 가는 붓으로 그림에 덧칠을 하면서 말했다.

엘리즈 언니는 고개를 가로저으며 웃었다. 어머? 엘리즈 언니가 오빠를 쳐다볼 때 두 눈이 반짝였다. 내가 똑똑히 봤다.

저녁에 우리는 모든 먹을거리를 다 섞은 엄청난 양의 이른 점심을 함께 먹었다. 오빠는 우적우적 먹으면서 다시 인터넷 카페 얘기를 꺼냈다.

"어쨌든 난 좀 움직여야 해." 오빠는 칩, 햄, 카망베르 치즈, 염소젖 치즈, 오이 절임, 케첩을 넣은 샌드위치의 마지막 한입을 먹으면서 말했다.

"솔직히 오빠가 도전을 끝까지 하지 않는다면, 지금까지 한 것이 말짱 도루묵이 돼." 나는 토마토, 샐러드, 달걀, 아보카도, 오이, 케첩과 마요네즈를 넣은 샌드위치를 크게 한입 베어 물면서 말했다.

"게다가 며칠만 견디면 되는데 말이야." 엘리즈 언니도 네 겹으로 쌓은 식빵 샌드위치를 입에 다 넣고는 말했다.

오빠는 엘리즈 언니와 나를 번갈아 가며 한참 동안 쳐다봤다.

"이봐, 소녀들, 날 좀 그만 가르쳐! 특히, 릴리, 너. 지난주에 눈물까지 글썽이며 페이스북을 하고 싶다고 하지 않았어?" 오빠가 침을 튀기며 말했다.

"하지만 사람은 살면서 나아질 수 있어!"

"내가 나아지는 건 게임할 때야. 이상 끝. 더는 말하기 싫어!"

"넌 참 설득하기가 어렵구나. 나도 작년엔 너와 같았어. 와이파이를 찾아 게스트 하우스의 쓰레기장까지 뒤졌지." 엘리즈 언니가 말했다.

"언니도 쓰레기통 위에 올라갔단 말이야?" 내가 놀라서 물었다.

"어, 작은 오두막을 발견해서 '비밀 아지트'로 삼고 이웃집 와이파이를 썼어. 하지만 나중에 이곳에서 할 수 있는 모든 활동을 알고 나서는 민망했지!"

언니의 말에 오빠가 얼굴을 살짝 붉혔다.

"그 오두막이 아직도 있는 걸 알아? 우리 오빠도 거기서 인터넷을 쓰려고 했는데, 옆집이 이사 가는 바람에 허사가 됐어." 내가 키득거리면서 엘리즈 언니에게 말했다.

"그 오두막은 알프레드 아저씨가 직접 지으신 거야. 여름마다 보강하시지. 왜냐하면 이곳에 오는 청소년들은 모두 무슨 수를 써서라도 와이파이를 찾으려고 한다는 걸 잘 아시거든. 말하자면, 알프레드 아저씨는 오두막을 조커처럼 남겨 두신 거야. 하지만 청소년들이 이곳에 머무는 동안 자기 자신을 이겨 내기를, 고통스럽지 않게 인터넷 중독에서 벗어나기를 바라고 계셔. 내가 지어낸 말이 아니야. 우리 부모님은 작년에, 너희가 별명을 붙인 요정 아줌마와 아저씨와 친구가 되셔서 서로 연락을 주고받으시는데, 그분들이 내게 말씀해 주신 거야."

오빠와 나는 몇 초 동안 말문이 막혔다. 엘리즈 언니가 '비밀 아지트'에 숨어 있었다는 게, 아니 알프레드 아저씨가 오두막을 지었다는 게 정말 뜻밖이었기 때문이다.

엘리즈 언니가 계속 말을 이었다.

"앙브루아즈, 자신을 속이지 마. 나도 너처럼 인터넷에 초접속을 해. 매일 유튜브에 영상도 올려. 왜냐하면 친구들과 책읽기 모임을 하거든. 꼬박꼬박 '내 인생의 책'에 관해 이야기를 하고, 그걸 영상에 담아 올리지. 우리 부모님도 와이파이 공유기 조립까지 하셔. 그렇게 우리 가족은 항상 인터넷에 초접속해 있어. 하지만 이 장소를 알게 된 뒤로는 일부러 휴식 시간을 갖고 있어. 우리는 여기서 모든 접속을 끊고 바캉스를 보내는 게 좋아."

"그래, 참 대단한 가족이네!" 오빠가 비꼬았다.

내가 발끈해서 말했다.

"오빠도 보통 남자애처럼 좀 답답한 것 같아. 엘리즈 언니의 말은 인터넷을 끊는 건 누구에게나 힘들다는 뜻이잖아! 하지만 우리도 좀 돌아보면, 인터넷을 끊고서 특별한 순간을 누리고 싶은 마음이 들 수 있어……. 봐, 엄마는 여기에 온 뒤로 얼굴에서 미소가 떠나지 않잖아. 늘 긴장해 있던 아빠도 느긋해지셨지. 룰루는 모든 활동에 열심이잖아. 오빠도 하이쿠를 좋아했고, 우리 셋이서 루나랜드에도 잘 다녀왔어……. 나는 그 시간들이 좋았고, 인터넷을 하고 싶다는 생각도 들지 않았어. 물론 며칠 뒤에 스마트폰을 돌려받을 때는 기쁘겠지만 말이야."

앙브루아즈 오빠는 한 마디도 하지 않고, 천천히 샌드위치를 다 먹어치웠다. 그리고 비웃는 눈빛으로 우리를 쳐다봤다.

"이봐, 소녀들, 너희 얘기를 듣고 있으면 내 머리가 어지러워. 그래서 요정 아줌마한테 홀라당 넘어간 거야? 이제 너희도 뱅뱅 틀어 올린 머리를 하고서, 레이스가 하늘거리는 옷을 입겠네!"

그 말에 엘리즈 언니와 나는 까르르 웃음을 터뜨렸다.

"오빠 되게 웃긴 것 같아! 이곳에, 인터넷을 못 하는 곳에 온 뒤로 그런 생각이 들어. 앞으로도 그랬으면 좋겠어." 난 진심을 말했다.

"맞아. 넌 웃지 않으면서 다른 사람들을 웃기더라." 엘리즈 언니도 맞장구쳤다.

"뭐, 내가 웃겨? 진짜로?" 오빠가 눈살을 찌푸리며 말했다.

나는 머리를 끄덕였다. 엘리즈 언니가 이어서 말했다.

"난 네 유머가 좋아! 참 센스 있어!"

난 뭔가 큰 동요가 이는 것을 느꼈다. 엘리즈 언니의 얼굴이 빨개졌다. 거기서 난 확신했다. 오빠는 한 마디도 않고 엘리즈 언니를 뚫어지게 쳐다봤다. 작은 목소리가 내게 속삭였다.

'에밀리, 네가 빠져 줘야지. 러브 스토리가 피어나려고 하잖아. 직접 보려고 하지 마.'

나는 부엌을 정리해야겠다고 핑계를 대며 까치발로 빠져나왔다.

숨어서 엿보려고 하지도 않았다.

아무튼 나는 그럴 틈이 없었다.

현관 뜰에서 끼이익 하고 멈춰 서는 자동차 바퀴 소리가 났다. 택시였다. 캠핑족이 돌아왔다!

룰루가 떠들썩하게 들어오며 소리쳤다.

"아빠가 알프레드 아저씨를 구했어. 아빠가 살렸어!"

우리 부모님과 엘리즈 언니의 부모님이 뒤따라 들어왔다. 우리 셋은 돌아서 부모님들을 쳐다봤다.

"어…… 아빠가 살렸다는 말은 좀 심한 것 같구나!" 아빠는 멋쩍은 표정을 지으며 손사래를 쳤다.

"아니에요, 세바스티앵! 맞는 말이에요!" 엘리즈 언니의 아빠가 말했다.

"말벌에 목을 쏘여서 큰일 날 뻔했어요. 제 서바이블 가이드에도 나와 있어요." 엘리즈 언니의 엄마가 테이블 위에 배낭을 털썩 내려놓으면서 말했다. 엘리즈 언니, 오빠와 나 우리는 어리둥절해서 서로 멀뚱멀뚱 쳐다보다가 내가 물었다.

"아빠가 어떻게 알프레드 아저씨를 구하셨다는 거예요? 말벌과 싸우셨어요?"

"아니, 아빠한테 숨겨 놓은 스마트폰이 있었어." 루시앙이 극도로 흥분해서 외쳤다.

이번에도 오빠답게 입에 머금고 있던 물을 내뱉었다. 이젠 습관이 된 것 같다.

"아빠한테 스마트폰이 있었다고?" 오빠는 목이 메여 큰 소리로 외쳤다.

"스마트폰으로 말벌을 잡았어?" 나도 황당해서 물었다.

"인터넷을 못 하니까 멍청해졌구나. 스마트폰을 어디에 쓰는 건지 까먹었어?" 오빠가 짜증을 냈다.

"에밀리, 구급대에 전화를 했어. 네 아빠 스마트폰 덕분이지." 엄마가 설명했다. 나는 눈이 휘둥그레졌다. 엘리즈 언니도 마찬가지였다. 룰루는 구급대가 온 상황을 미주알고주알 얘기하고 싶어 했다. 우리는 룰루의 입을 다물게 하고 싶었지만, 먹히지 않았다.

"어떻게 아빠한테 스마트폰이 있었어요? 카퓌신 아줌마가 다 걷지 않았어요? 아빠도 오빠처럼 숨긴 거예요?" 나는 어처구니가 없어서 딸꾹질까지 났다.

"너 스마트폰을 숨겼니?" 아빠가 오빠를 돌아보며 소리쳤다.

"부전자전이죠! 하지만 아들은 인터넷을 못 하게 하는 여자애들 등쌀에 시달리는 동안, 아빠는 가족을 오스트랄로피테쿠스 소굴에 데려다 놓고 몰래 인터넷을 하셨네요!" 오빠가 따졌다.

"흥분하지 마라! 스마트폰은 생명을 살릴 수 있잖니. 그래서 이번 캠핑에 필요했어. 사실 루시앙이 걱정이 됐거든. 너희도 알지만, 루시앙이 알레르기가 심하잖니." 아빠는 얼굴을 살짝 붉히며 변명했다.

"그러면 우리는요? 보물찾기를 떠날 때, 오빠를 잃어버렸을 때, 스마트폰을 가져가도 된다고 허락하셨어요?" 난 따져 물었다.

폭발 직전이었다. 엄마는 난처해하며 서둘러 화제를 바꾸려고 했다. 아주 심각한 말투로 '가엾은 알프레드 아저씨의 상태를 빨리 알아봐야 한다'고 했다.

"큰일은 면했지만, 병원에서 몇 시간 동안 상태를 지켜봐야 해. 목이 부었거든. 순식간에 부었어……."

"아아, 진짜로 무서웠는데, 구급대 아저씨들이 참 멋있었어!" 루시앙이 말했다.

우리의 룰루가 다시 얘기 보따리를 풀어놓으려고 할 때, 부모님은 그름을 타서 급히 가방을 정리해야 할 것처럼 슬그머니 자리를 뜨려고 했다. 하지만 쉽게 궁지를 벗어나지 못했다. 내가 꼬치꼬치 알고 싶어 했기 때문이다.

좋아, 목숨을 구하는 건 좋은 일이다. 루시앙의 말처럼 진짜로 다행이었다. 하지만 자식들에게 거짓말을 하고 속인 것은……

물론 인터넷은 끊겼지만,
그렇다고 해서 현실에서 끊기지는 않은 에밀리

에밀리 라미에 일기, 열셋째 날

오늘 저녁, 난 스프링 공책을 펼치면서 내가 반사적으로 펜을 쥐고 일기를 쓴다는 걸 깨달았다. 집에 돌아가도 이 습관은 계속 유지될 것 같다.

요정 아줌마와 아저씨는 내일 저녁에 셰스강 가에서 송별 파티가 있다고 알렸다. 엘리즈 언니와 나는 하이쿠를 낭독하기로 했다.

알프레드 아저씨는 송별 파티에서 우리가 칠한 칠판을 공개하겠다고 했다. 아저씨는 간판을 무척 마음에 들어 했고, 오빠에게 재능이 있다고 칭찬했다.

오빠는 알프레드 아저씨가 퇴원하자, 다시 아저씨의 작업실을 찾았다. 아저씨는 그다지 힘이 없어 보이지 않았다. 내가 볼 때 그 말벌은 초짜였던 것 같다.

아저씨와 오빠는 둘이서 미술 얘기를 한참 나눴다.

"넌 너의 진짜 재능을 찾은 것 같아. 이쪽 길로 가 보는 게 어떻겠니?" 우리의 요다 스승이 말했다.

오빠가 내게 아저씨의 말을 전해 줄 때 아저씨의 진지한 표정을 따라

하고, 특히 "젊은 파다완*, 넌 이 길로 가야 해"라며 요다의 말투를 흉내 내서 진짜로 웃겼다.

오빠는 그래도 이 긍정적인 평가를 뿌듯하게 여기는 것 같았다. 우리 가족이 셰스강에서 수영하러 갔을 때 이 말을 해 주었다. 우리 가족은 화이트보드에 적힌 활동은 아니었지만, 다시 한 번 함께 시간을 보냈다. 루시앙은 첫 캠핑의 소감을 얘기했다.

"알프레드 아저씨는 노래를 진짜 잘하셔! 아빠가 인디언 전사의 춤을 흉내 내서 엄청 웃었어!"

잠시 동안 룰루와 단둘이 있게 되었을 때, 룰루가 나에게 부모님이 '스마트폰을 숨겼다'는 사실을 진작 눈치챘다고 고백했다.

"저번에 아빠와 엄마가 마을에 내 모기 기피제 사러 간다고 했잖아. 사실은 아니야. 기피제는 엄마 가방에 있었거든. 내가 썼으니까 알아!"

"그러니까 부모님이 마을에 간 건 인터넷 때문이라는 거야?" 내가 충격을 받아 물었다.

루시앙은 고개를 크게 끄덕였다.

"인터넷을 못 해서 가장 불안해한 건 엄마 아빠였어." 동생이 말했다.

나는 부모님이 마을에 다녀온다고 했던 때를 곰곰이 생각해 봤다. 진짜로 여러 번 차를 타고 나갔다 왔다. 텐트 말뚝을 사러, 배낭을 바꾸러, 산책을 하러 간다고 말이다. 게다가 아무도 부모님을 따라가지 않았다.

---

* 영화 〈스타워즈〉 시리즈에 나오는 가상 조직 제다이의 수련생을 칭하는 말이다.―옮긴이

"룰루, 신경 쓰지 말자! 부모님은 우리와 함께 특별하게 디지털 디톡스 훈련을 하기를 원했지만, 우리가 훨씬 더 잘했잖아. 우리가 진짜 챔피언이야!"

나는 이렇게 중얼거리면서 허공에 손을 들어 올렸다가 동생과 나를 가리켰다. 동생도 귀엽게 미소를 지으며 말했다.

"우리 선생님도 늘 그랬어. 옥에도 티가 있다고."

루시앙은 마냥 '아주' 귀찮기만 한 녀석은 아니다. 가끔은 '아주' 사랑스러운 구석이 있다.

오빠는…… 난 오빠와 엘리즈 언니의 사이를 계속해서 알아봤고, 중요한 사실을 알아내는 데 성공했다. 내 방에서 오빠와 같이 있게 되었을 때, 난 오빠에게 엘리즈 언니를 칭찬했다. 그러자 오빠의 입에서 '참 특별한 여자애'라는 말이 새어 나왔다.

"진짜 괜찮은 언니인 것 같아! 그런데 언니와 오빠 말이야……." 나는 못을 박기 위해 말을 이었다.

"그런 얘기는 하지 마! 네가 알 바 아니잖아!" 오빠는 방어적 자세를 취하며 말했다.

"아니, 그게 아니라 그냥……."

"걔랑 엮지 마! 걔는 '인터넷 제로' 사명을 지니고 있잖아. 그래서 특별하다고 말한 거야!"

나는 (여성심리학에서 본 대로) 침묵이 흐르게 했다. 그리고 조심스럽게 말을 꺼냈다.

"내가 오빠라면……."

"그러니까 넌 내가 아니잖아. 게다가 난 걔 연락처도 몰라. 인터넷도 없는데, 어떻게 얘기하겠어?" 오빠가 푸념했다.

그 말에 난 숨이 멎는 줄 알았다. 우리 오빠가 (난생 처음으로) 나한테 여자애에 대한 고민을 털어놨다.

에밀리 언니, 존경스러워!

"난 스마트폰 없이 사귀자고 해 본 적이 없어. 어떻게 말을 걸어? 스마트폰이 있으면 훨씬 쉽지. 문자로 하면 되잖아! 주머니 속에서 탁탁 누르기만 하면 돼!" 오빠는 내 베개 한 개를 신경질적으로 만지작거리면서 말했다.

난 눈썹을 올리면서 말했다.

"글쎄, 오빠와 언니가 티격태격한 지 2주나 됐지. 오빠도 언니가 좋다면, 스마트폰을 돌려받을 때까지 기다릴 필요가 있을까? 오빠는 지금 모습 그대로 다가가면 될 것 같은데. 언니가 오빠에게 호감이 있는 건 분명해."

"너 진짜 웃기는 구나! 대놓고 사귀자고 말하는 게 쉬워 보여? 문자가 덜 스트레스 받아."

"그래도 오빠가 직접 고백해 보는 게 어때? 스마트폰 뒤로 숨지 말고 말이야. 오빠도 언니가 오빠를 좋게 생각한다는 걸 알잖아! 그러니까 말해 봐……."

"어떻게?" 오빠가 좀 불안해하며 물었다.

"예를 들면, '좋아해!' 또는 '보고 싶을 거야' 아니 더 좋은 건, '내가 아는 여자애들 중에서 네가 최고야' 뭐, 이런 식으로 말이야."

오빠는 부엉이 눈을 하고 날 쳐다봤다.

이내 너털웃음을 터뜨리며 내 머리카락을 헝클어뜨렸다.

"요 쪼끄만 동생이 연애 상담가처럼 구네. 좀 있으면 데이트 코치까지 하겠다. 이 별난 바캉스 동안 별꼴을 다 보네!"

그러고는 내 뺨에 재빠르게 뽀뽀를 하고 나갔다.

난 침대에서 떨어질 뻔했다.

우린 얼른 딴 얘기로 넘어가고, 오빠는 다시 무뚝뚝한 표정으로 돌아갔지만, 내 마음은 단번에 행복으로 가득 차올랐다.

오빠가 예전에는 날 좀 아꼈다는 사실을 까맣게 잊고 있었다…….

감정적인 면에서 보자면, 오늘은 놀랄 일들이 더 남아 있었다. 오후가 끝나 갈 무렵, 아빠가 찾아왔다. 아빠는 '아빠가 특별히 사랑하는 딸과 단둘이서 잠시 얘기 나누기'를 원했다.

"네, 어려울 것 없지요. 딸이 여러 명이 아니라서요." 나는 '특별히 사랑하는'이란 말 때문에 톡 쏘아서 말했다.

"아빠한테 딸이 많았다면, 모두 너와 같기를 바랐을 거야." 아빠는 내 옆에서 나란히 걸으면서 말했다.

"뭔가 사과를 하고 싶으셔서 그렇게 말씀하시는 거예요?"

"사실이니까. 무뚝뚝한 오빠와 예민한 남동생 사이에서 잘 지내기 쉽지 않을 텐데, 꿋꿋한 우리 딸을 보면 기특하다는 생각이 들어."

아빠는 내 어깨에 한 손을 올렸다.

"'뭔가 사과하고 싶은 게 있는 게 아니냐'고 했지? 그것도 틀린 말은 아니야. 사람을 살렸다고 하더라도 스마트폰을 숨긴 건 부끄러운 일이니까……." 아빠가 낮은 목소리로 말했다.

"가족끼리 디지털 디톡스를 해 보자고 제안한 건 아빠였잖아요. 그리고……."

"그래, 에밀리. 그래도 아빠는 이번 바캉스 여행을 후회하지 않아. 좋은 생각이었어. 물론 아빠와 엄마가 너희만큼 잘하지는 못했지. 하지만 아빠는 이곳에서 우리 가족을 재발견한 것 같아서 기뻐. 아빠가 사랑하는 너희를 자세히 볼 수 있는 시간이었어. 1년에 한 번 이런 시간을 갖기가 쉽지 않지."

나는 어색해서 농담할 거리를 찾았지만, 머릿속에는 아무것도 떠오르지 않았다. 이상하게도 눈만 따끔거렸다.

"아빠가 우리 에밀리처럼 완벽하게 '디지털 디톡스'는 못했지만, 다짐한 게 있어. 그건 네 엄마도 마찬가지야. 아빠와 엄마는 같은 함정에 빠지고 싶지 않아. 그러니까 또다시 인터넷을 무분별하게 사용하고 싶지 않아. 그래서 우리 딸에게 도움을 청해. 아빠와 엄마가 맘먹은 대로 실천할 수 있도록 도와줘. 넌 그럴 수 있는 아주 강한 아이니까!"

나는 근육을 부풀리는 척했고, 아빠가 빙그레 웃었다. 우리는 한참 얘기를 나눴고, 어떤 부분에서는 의견이 100퍼센트 같기도 했다.

우리는 서로를 '재발견'했다. 아빠와 엄마, 오빠와 남동생, 그리고 나를 다시 봤다.

우리 가족이 다시 멀어지면 안 된다! 그러니까 내가 우리 가족을 돌볼
것이다.

인터넷 관리자, 에밀리

7월 20일 저녁 7시
에밀리 라미에 일기, 열넷째 날

오늘 밤에 우리는 아주 늦게 잠자리에 들 것 같다. 엘리즈 언니가 '송별회 파티'가 길어질 것이라고 했기 때문이다. 작년에 엘리즈 언니네 가족은 다른 가족과 함께 송별회를 했다고 한다.

"너희 가족보다는 덜 재밌었어." 엘리즈 언니는 나와 같이 컵케이크를 만들면서 말했다.

"맞아. 에너지가 넘치는 루시앙과 시크한 유머가 넘치는 앙브루아즈나 감수성이 풍부한 에밀리가 없었으니까." 우리를 도와주러 온 카퓌신 아줌마가 맞장구쳤다.

요정 아줌마는 내게 미소를 지어 보였다. 그 미소는 모든 것을 말했다.

그 순간 이상하게도 헛헛함이 밀려왔다. 특히 루시앙이 자신의 오두막 주위를 빙빙 달리며 소리를 지를 때 그랬다.

"집에 돌아가면 심심할 것 같아요. 다들 보고 싶을 거예요." 나는 우물거렸다. 좀 슬펐다.

나는 '다들'이라고 말했지만, 누구누구가 거기에 들어가는지는 잘 모르겠다. 엘리즈 언니는 확실하지만, 요정 아줌마와 아저씨나 세상과 단절된 게스트 하우스는? 내가 하나로 묶어서 넣었나?

"저기, 일요일의 제빵사님들, 오늘 저녁에 우리의 캔버스를 보여 주려면 옮겨야 하는데, 언제 도와줄래?" 조금 전에 알프레드 아저씨의 작업실에서 나온, 또다시 페인트를 뒤집어쓴 오빠가 말했다.

"와우, 온몸으로 그림을 그린 것 같아!" 엘리즈 언니가 키친타월을 오빠의 뺨에 (부드럽게) 갖다 대면서 말했다. 오빠의 양 볼이 좀 더 살짝 붉어졌다.

거기서 작은 목소리가 내게 속삭였다.

'에밀리, 둘이 있을 수 있는 시간이 없어. 내일모레면 마지막이야. 네가 뭔가를 해야 해!'

나는 엘리즈 언니에게 내가 컵케이크를 마무리할 테니까 오빠를 따라가서 도와주라고 했다.

"서두르지 말고 조심조심 옮겨! 캔버스가 약하잖아!" 나는 오빠의 눈을 똑바로 쳐다보며 말했다.

그다음은…… 난 요정이 아니다!

난 행운을 빌었다. 오빠가 바보같이 엘리즈 언니에게 속마음을 털어놓지 못하고, 스마트폰을 돌려받을 때까지 기다리지 않도록 말이다. 그러면 엄청난 시간 낭비일 테니…….

어쨌든 오늘 아침부터 게스트 하우스에 있는 모든 사람들이 부산하게 움직였다.

나는 부모님을 좀 감시했는데, 단 한 번도 게스트 하우스를 떠나지 않았다.

엄마는 이번에 '요가의 매력'에 새롭게 눈을 떴다. 그래서 혼자서 호흡 연습도 했다.

이번 바캉스 동안 외모가 가장 많이 바뀐 사람은 엄마다. 우리가 이곳에 왔을 때보다 훨씬 멋있어진 것 같다. 요정 아줌마가 약간의 평정심을, 요정 아저씨가 약간의 '우주의 빛'을 전해 줬는데, 그게 엄마한테 딱 맞았다!

나는 거의 보름째 연락을 못 하고 있는 내 사랑하는 친구들을 떠올렸다. 당연히 보고 싶다. 친구들에게 말해 주고 싶은 얘기가 얼마나 많은지 모른다. 하지만 페이스북에 연결하지 않고 버티는 데 성공했다. 엄청난 일이다. 적어도 난 이곳에서 깨달은 것이 있다. 나의 하루를 페이스북에 꼭 적지 않아도 괜찮다는 것이다…….

아마 한두 명의 친구에게는 나처럼 인터넷 없이 하루를 지내는 새로운 경험을 해 보도록 권할 것 같다. 셰스강 가를 거닐 거나 차가운 물에서 장난치는 나와 친구들의 모습을 머릿속에 그려 봤다.

룰루는 아침부터 사방팔방으로 뛰어다녔다. 평소보다 더 흥분했다. 마치 바캉스가 끝났다는 걸 안다는 듯이 말이다. 루시앙은 우리 가족 중에서 유일하게 요정 부부가 제안한 활동을 다 했다. 집에 돌아가면 동생의 과잉 행동을 어떻게 진정시킬까? 난 모르겠다.

그런데…… 루시앙의 머릿속에서 어떤 계획이 떠오른 모양이다.

"저 보이 스카우트에 들어가고 싶어요. 알프레드 아저씨가 그러는데, 보이 스카우트 활동을 하면 좋대요!" 점심 식사 시간에 루시앙이 말했다.

"그래, 좋은 생각이야. 할아버지도 보이 스카우트셨어!" 아빠가 기뻐하며 말했다.

"하지만 알레르기가 있어서 좀 위험할 것 같은데." 엄마는 루시앙의 말에 미소를 멈추며 말했다.

"여보, 루시앙은 자신의 알레르기를 잘 관리해. 여기서 얼마나 잘 적응하는지 봤잖아!" 아빠가 주장했다.

"네, 맞아요. 아빠 엄마가 모기 기피제가 이미 있는데도 사러 가셨을 때, 전 눈치챘지만, 조심했어요!" 동생이 눈을 반짝이며 말했다.

난 자신들의 접시를 뚫어지게 쳐다보는 부모님을 보며 새어 나오는 웃음을 감추려고 고개를 숙였다. 오빠는 영문을 몰라 어리둥절해했다. 오빠는 보이 스카우트 활동에는 관심이 없지만, 다른 바람이 있다고 했다.

"블랑 선생님의 미술 수업에 등록하고 싶어요. 방과후 미술 수업이 있는 거 아시죠? 언젠가 제가 안내문을 받아 왔는데."

부모님은 고개를 끄덕였다.

"난 네가 유치원 때부터 재능이 있다는 걸 알아봤어." 엄마가 떨리는 목소리로 말했다.

"오빠가 그린 팔도 발도 없는 인물들을 보면, 진짜 피카소 그림 같았어. 오빠의 그림을 출품하기를 바랐는데, 오빠는 곰 인형을 잃어버린 일로 토라져서 거부했었지." 나는 키득거리면서 말했다.

오빠는 지나가면서 팔꿈치로 날 툭 치며 웃었다.

부모님도 날 돌아보면서 '새롭게 하고 싶은 게 있는지' 물었다. 나는 몇 초 동안 입을 다물고 있다가(나는 이런 긴장감을 즐긴다) 매일매일 일기를 쓰고 싶다고 공식적으로 발표했다. 어쩌면 진짜로 글을 써 볼지도 모르겠다고 했다.

"처음에는 페이스북에 제 생각을 짤막하게 적기 시작했어요. 그런데 여기서는 인터넷이 안 되니까 계속 쓸 수가 없었어요. 그래서 싫었지만, '인터넷 제로' 캠페인에 어떻게 맞서고 있는지 얘기하면 좋겠다는 생각이 들어서 낡은 스프링 공책에 글을 쓰게 됐어요. 실제로 매일 적었어요. 제가 상상했던 대로 지낸 건 아니지만, 전 이곳에서 큰 영감을 얻고, 제가 좋아하는 걸 찾았어요. 바로 글쓰기예요."

"굉장한 가족이네요! 형은 화가, 누나는 소설가라니……." 루시앙이 감탄했다.

"그리고 현대판 꼬마 모험가도 있지!" 엄마가 덧붙였다.

그때 요정 아줌마가 쪽머리를 경쾌하게 흔들면서 와서 우리의 대화는 끊어졌다.

"웹사이트 '멋진 바캉스'에서 우리를 다룬 거 알아요? 웹사이트 '긴긴 연휴'에도 실렸어요! 두 기사 모두 긍정적으로 평가했어요." 아줌마가 기뻐하며 말했다.

나는 눈살을 홱 찌푸리며 물었다.

"여기는 인터넷이 안 되는데, 어떻게 기사를 보셨어요?"

갑자기 썰렁해졌다. 정적이 흘렀다.

우리의 눈길이 한꺼번에 아줌마에게 쏠렸다.

"남편과 나는 정기적으로 인터넷 접속을 해. 솔직히 말하면 밤 늦게 공유기를 켜고 인터넷을 하지. 하지만 한 시간 이상은 하지 않아." 아줌마가 미소를 지으면서 털어놨다.

나는 눈이 휘둥그레졌고, 오빠는 복숭아를 먹다가 목이 콱 메었다. (참 희한하다. 이런 특종은 꼭 오빠가 음료수를 마시거나 음식물을 삼킬 때 터진다!)

"이곳에 진짜로 공유기가 있어요?" 오빠는 어안이 벙벙해서 물었다.

"내가 이렇게 실수투성이란다. 나도 모르게 말하고 말았구나!" 아줌마가 배시시 웃으면서 대답했다.

아줌마는 춤추는 듯한 걸음걸이로 사라졌고 우리 다섯 명은 멍하니 서 있었다.

룰루가 중얼거렸다.

"그거 알아? 어른들은 엄청난 거짓말쟁이가 될 수 있어."

"맞아! 그나마 우리가 있어서 수준을 올렸지!" 오빠는 동생의 말에 맞장구쳤다.

"그러게 말이야. 우리가 수준을 올렸어!" 룰루는 자못 심각한 표정으로 말했다.

우리 셋은 푸시시 웃음이 터졌다. 진짜로. 그리고 오빠가 약속을 지키지 못한 어른들을 익살스럽게 흉내 내서 우리의 웃음은 멈추지 않았다.

그리고 엘리즈 언니가 마치 우연인 것처럼 나타났다……. 오빠는 급히 자리를 떴다.

그래서 난 엘리즈 언니와 오늘 밤에 발표할 하이쿠를 지었다. 알프레드 아저씨는 기타 반주를 해 주겠다고 했다. 난 우리의 발표가 시원찮을까 봐 좀 겁이 났다. 엘리즈 언니는 분위기가 썰렁해지면 큰 소리로 노래하자고 우스갯소리를 했다.

어서 오늘 밤이 오면 좋겠다. 진짜로 멋진 밤이 될 것 같다!

개인적으로는 집에 돌아가고 싶지 않은 에밀리

7월 21일 오후 2시
에밀리 라미에 일기, 열다섯째 날

이상,

다 끝났다. 디 엔드.

내 가방은 꽉 찼고, 방은 텅 비었다.

그래도 방은 여전히 보라색이다!

난 침대에 앉아서 옆에 스마트폰을 놓았다.

카퓌신 아줌마는 우리의 디지털 기기를 모두 공식적으로 돌려줬다. 엘리즈 언니와 언니의 부모님은 조금 전에 떠났고, 우리는 손을 흔들면서 작별 인사를 했다.

요정 아줌마는 우리가 좀 슬퍼했다는 걸 느꼈을까? (특히 오빠가 아쉬워했다는 걸?) 모르겠다. 조금 전에 아줌마는 낭랑한 목소리로 우리에게 이렇게 말했다.

"여러분의 '보물'을 담은 바구니가 여러분을 기다리고 있어요!"

우리 부모님, 오빠와 동생과 내가 무슨 말인지 알아듣지 못해 아줌마를 쳐다보자, 아줌마는 웃음을 터뜨렸다.

"여러분의 디톡스는 지금 이 순간으로 끝나요. 컴퓨터, 시계와 태블릿을 돌려드릴게요. 살짝 설명을 드리면, 저희가 충전도 해 놓았어요."

아줌마의 말이 끝나자, 긴 침묵이 이어졌다.

"그러면 공유기도 켜져 있어요?" 오빠가 경계하면서 물었다.

아줌마는 싱끗 웃으면서 바구니를 우리 앞에 내려놓고 자리를 떠났다. 나는 이내 아줌마가 우리를 시험했다는 걸 알았다.

우리 가족도 모두 이해한 것 같다.

우리는 몇 초 동안 움직이지 않고 가만히 있었다. 그러고 나서 우리의 재산을 회수했다. 하지만 서두르지 않았다. 마치 좀 겁이 나는 듯이.

나는 보름 전에 우리 가족 다섯 명이 맡긴 기기가 이렇게 많나 싶어 놀랐다. 과도하게 인터넷을 썼다는 사실도 거의 까맣게 잊고 있었다.

"인터넷이 되네요." 오빠가 얼떨떨한 목소리로 말했다.

"그래. 인터넷이 잘 돼." 아빠가 말했다.

"진짜." 엄마도 덧붙였다.

나는 웃고 싶었다. 우리는 며칠째 사막을 헤매다가 갑자기 오아시스를 발견한 탐험가들 같았다. 그런데 신기루 때문에 진짜라고 믿지 못하는……. 우리 가족은 좀 이렇다. 탐험가들은 자신 있는 목소리로 확신할 필요가 있었다.

"엘리즈에게 문자 보내야지." 오빠는 스마트폰을 들고 가며 말했다.

"우리 이메일함 봤어?" 아빠는 엄마를 돌아보면서 말했다.

"거의 열렸어." 엄마는 손가락으로 스마트시계를 신경질적으로 두드리면서 말했다.

물론 나도 스마트폰을 켰다. 읽지 않은 메시지가 정확히 335개, 모두 내 바캉스 원칙을 이해하지 못한 친구들이 보낸 것이었다. 친구들은 내게 매일 문자 폭격을 했기 때문이다. 페이스북도 포화 상태였다. 나는 무작위로 메시지 몇 개를 열어 봤다. 내가 없는 세상이 어떻게 계속 돌아갔는지 궁금했다.

그래도 아무도 날 잊지 않아서 난 크게 안도의 숨을 내쉬었다.

고개를 드니, 룰루가 날 쳐다봤다. 룰루는 한 마디도 하지 않았다. 슬퍼 보였다. 이제야 진짜로 바캉스가 끝났다는 사실을 알아챈 것 같았다. 불과 몇 분 사이에 모두 스크린에서 눈을 떼지 못하니 말이다!

난 얼른 스마트폰을 주머니에 집어넣으며 말했다.

"있잖아, 난 집에 돌아가면 스크래블 게임을 하고 싶어. 너는?"

루시앙은 내게 '멋진' 미소를 지어 보였다. 그리고 그 미소는 아빠와 엄마가 태블릿을 내려놓고 우리에게 오자 더 커졌다.

"마지막으로 셰스강에 가서 배를 타 볼까 하는데, 어떠니?" 아빠가 제안했다.

"우린 아직 바캉스 중이야." 엄마는 룰루의 손을 잡으면서 말했다.

룰루는 몹시 좋아하면서 고개를 끄덕였다.

우리가 강으로 출발하려던 참에 오빠가 우리를 불렀다.

"저는요? 기분 나빠지려고 하네! 왜 저만 빼는 거예요? 제가 이런 활동을 얼마나 좋아하는 데요? 게다가 제 꿈은 집에 가 부엌에 화이트보드를 걸어 놓는 거예요. 매일 아침, 밤새 궁리한 곰팡이 슨 활동을 잔뜩 적을 거예요."

오빠의 우스갯소리에 우리는 박장대소했다. 아빠는 내리막길에서 오빠가 아빠에게 좀 기대서 걸을 수 있게 했다. 우리는 배를 타고서 강을 따라 유람했다. 나는 스마트폰으로 사진을 엄청나게 많이 찍었다.

하지만 내 페이스북에는 올리지 않았다.

오빠도 트위터에 '#곰팡이 슨 활동'이라고 올리지 않았다.

우리는 유튜브에 영상도 올리지 않았다.

그저 다시 돌아오지 않을 이 멋진 순간을 즐겼다.

그러니까⋯⋯

내년이 되기 전에는 돌아오지 않겠지?

좀 울고 싶은 에밀리

7월 24일
페이스북에서 에밀리

나도 알아. 나의 소중한 팔로어들에게 결례를 했어. 오랫동안 챙기지 못했지. 미안해.

그런데 지금 너희는 보름 동안 인터넷을 끊었던 여자애의 페이스북을 보고 있어. 오해하지 마. 난 감옥에 다녀온 게 아니야……. 이른 바 '디톡스'를 했어. 디지털 디톡스.

두 시간도 못 되어 '좋아요'가 32개나 달렸다. 이보다 좋을 수 없다. 디톡스가 정확히 무엇인지 묻는 페이스북 메시지도 많이 받았다.

그래서 난 카퓌신 아줌마와 알프레드 아저씨의 홈페이지를 링크했다. 직접 물어보는 게 확실하니까. 게스트 하우스 체류 목적은 '모든 디지털 기기를 끊고서 인터넷 중독을 극복하는 것'이라고 홈페이지에 잘 나와 있다.

나는 어휘력에 문제가 있는 팔로어들을 위해 다시 한 번 설명해야 했다.

> 메일, 페이스북, 트위터, 유투브, 스냅챗, 인스타그램, 문자 다 안 돼.

그러자 똑같은 질문이 쏟아졌다.

구체적으로 어떤 여행이었는지 궁금해 했다.

우리 가족은 외딴 곳으로 여행을 떠났어. 누구도 살고 싶지 않은 곳이야. (GPS로도 찾기 어려워.) 게스트 하우스는 얼음장처럼 차가운 셰스강 가에 위치해 있고, 큰 정원이 딸려 있어. 우리가 요정 아줌마와 요정 아저씨라고 별명을 붙인 평범하지 않은 부부가 운영하고 있어.

너희가 무슨 말을 할지 알겠는데, 잠꼬대 같은 소리가 아니야.

우리 부모님은 우리 가족이 보름 동안 인터넷을 끊고 지내도록 돈을 지불하셨어.

알림이 울렸다! 어떤 친구는 사진을 보여 달라고 했다. (하하하! 스마트폰을 쓸 수 없다고 했는데도!) 또 다른 친구는 '거짓말'이라고 의심했다. 그리고 대부분의 친구들은 어떻게 내가 살아남았는지, 그리고 '끔찍한' 보름이 지난 지금, 내 상태가 어떤지 궁금해 했다.

나도 인터넷을 끊으면, 죽을 줄 알았는데, 여전히 살아 있어.

잘 지냈어. (어떠한 결핍 현상도, 그러니까 후유증도 없고, 불안한 틱 장애도 일으키지 않았고, 우울해하거나 무기력하지도 않았지.) 우리 가족도 마찬

가지야. 솔직하게 말하면, 우리 가족이 이렇게 화목하게 지낸 적은 없는 것 같아.

친구들의 반응이 참 재밌었다. 예를 들어 테아나는 오빠와 내가 인터넷을 못 하는 긴긴 시간 동안 티격태격 싸우는 것밖에는 달리 할 게 없었을 것이라고 확신했다. 알리스는 내가 부모님을 지독하게 원망했을 것이라고 생각했다.

그래서 난 페이스북에 마지막으로 다시 한 번 설명했다.

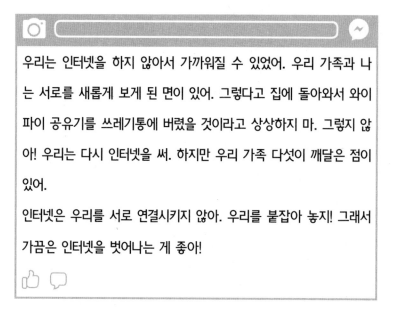

우리는 인터넷을 하지 않아서 가까워질 수 있었어. 우리 가족과 나는 서로를 새롭게 보게 된 면이 있어. 그렇다고 집에 돌아와서 와이파이 공유기를 쓰레기통에 버렸을 것이라고 상상하지 마. 그렇지 않아! 우리는 다시 인터넷을 써. 하지만 우리 가족 다섯이 깨달은 점이 있어.
인터넷은 우리를 서로 연결시키지 않아. 우리를 붙잡아 놓지! 그래서 가끔은 인터넷을 벗어나는 게 좋아!

그리고 나서 나는 핵심은 다 말했기 때문에 컴퓨터를 끄려고 했다.

순간 극적인 일이 일어났다……. 샘 오빠한테서 페이스북 메시지가 왔다아아아!

내가 앙브루아즈의 동생이란 걸 안 것이다. (물론 내가 우리 오빠와 찍은 사진을 올렸다.) 그리고 내 이야기에 큰 관심을 보였다. (샘 오빠도 게이머이기 때문에 오빠와 내가 어떻게 견뎌 냈는지 궁금해 했다.)

믿을 수 없는 일이다…….

내가 겪은 스트레스를 어떻게 설명해야 할까? 갑자기 단어가 떠오르지 않았다. (이제야 스마트폰 없이 말을 걸어야 했던 오빠의 스트레스가 이해가 됐다. 그래도 오빠는 잘 해냈다. 오빠는 이제 페이스북에서 엘리즈 언니와 공식적으로 '커플'이기 때문이다!)

그래서 나는 샘 오빠에게 메시지를 보냈다.

> 인터넷 없이 지내는 건 꼭 끔찍하거나, 괴상하거나,
> 황당하거나, 바보 같거나, 불가능하거나, 쓸데없거나,
> 한심하거나, 지독하게 심심하지는 않아요.
> 오빠가 알고 싶다면,
> 어땠는지 직접 얘기해 줄게요. 그게 훨씬 편해요.

이어서 내 스마트폰 번호를 적었다.

그리고 컴퓨터를 껐다.

난 당장에 나의 충실한 친구를 찾았다. 인터넷이 없는 보름 동안 내 얘기를 가장 잘 들어준 친구니까. 내 스프링 공책이 날 기다린다. 난 공책에 적을 얘기가 아직도 산더미처럼 많다.

조금 전에 룰루는 부모님과 스카우트 캠프를 방문하러 외출했고, 오빠는 스카이프로 엘리즈 언니와 한창 얘기하는 중이다. (당연히 오빠는 다시 게임 연습에 빠졌다. 하지만 엘리즈 언니가 말을 걸어오면, 빅플라이, 프티딩고, 코로주피 혹은 키루아 5200과 같은 게임 친구들은 뒷전으로 밀려났다. 굉장한 일이다!) 덕분에 난 혼자서 조용한 시간을 오래 보낼 수 있었다.

그래서 크뢰즈주에서 가장 구석진 곳에 있는 게스트 하우스가 좀 그립다는 얘기를 남몰래 글로 털어놓을 수 있을 것이다. 사실 오늘 아침에는 '인터넷을 쓴 지 이틀째, 점검하기'와 같은 회의를 하고 싶었다.

카퓌신 아줌마, 내 몸에서 나와요…….

아, 어쩌지? 내 스마트폰이 울린다.

앙브루아즈 오빠, 살려 줘.

좋아하는 사람에게 직접 말하는 거, 어떻게 하는 거야?

인터넷 없이도 말짱히 해가 뜨다니!

1판 1쇄 발행 2017년 12월 30일
1판 2쇄 발행 2018년 6월 20일

지은이 소피 리갈 굴라르
옮긴이 이정주
펴낸이 남영하

편집 장미연 한경애 **디자인** 박규리 **마케팅** 주영상

종이 세종페이퍼 **인쇄** 미광원색사 **제본** 정성문화사

펴낸곳 ㈜씨드북 **등록** 제2012-000402호
주소 03997 서울시 마포구 월드컵로16길 52-23
전화 02) 739-1666 **팩스** 0303) 0947-4884
홈페이지 www.seedbook.kr **전자우편** seedbook009@naver.com
인스타그램 instagram.com/seedbook_publisher
페이스북 facebook.com/seedbook.kr **카카오스토리** https://story.kakao.com/seedbook

QUINZE JOURS SANS RESEAU by Sophie RIGAL-GOULARD
Copyright ⓒ RAGEOT-EDITEUR,Paris, 2017
Korean Translation Copyright ⓒ Seedbook Co. Ltd., 2017
All rights reserved.
This Korean edition was published by arrangement with RAGEOT-EDITEUR (Paris)
through Bestun Korea Agency Co., Seoul.

이 책의 한국어판 저작권은 베스툰 코리아 에이전시를 통해 저작권자와 독점 계약을 맺은 ㈜씨드북에 있습니다.
저작권법에 의해 한국 내에서 보호를 받는 저작물이므로 무단 전재와 무단 복제를 금합니다.

책값은 뒤표지에 있습니다. 잘못 만들어진 책은 구입하신 서점에서 바꾸어 드립니다.

ISBN 979-11-6051-151-2 (43860)

이 도서의 국립중앙도서관 출판예정도서목록(CIP)은 서지정보유통지원시스템 홈페이지(http://seoji.nl.go.kr)와
국가자료공동목록시스템(http://www.nl.go.kr/kolisnet)에서 이용하실 수 있습니다.
(CIP제어번호: CIP2017032828)

SEED MAUM
㈜씨드북의 뉴스레터 SEED MAUM을 구독하시면 다양한 신간 정보와
독자 여러분을 위해 준비한 특별한 콘텐츠들을 받아 보실 수 있으며,
구독자만을 위한 각종 이벤트에도 참여하실 수 있습니다.

http://bit.ly/2jF0Jlv